信長の鬼

NOBUNAGA
no
ONI

桜井桃十郎伝

河田成人／原案
井上岳則／執筆

序章

もうすぐ夜明けを迎える。

濃紺の星空が東から次第に茜色を湛え、凪いだ海原を彩っていった。いつ雪が降りはじめてもおかしくない冷え込みだったが、上空には雲のひとかけらもない。

天正《てんしょう》六年（一五七八）十一月六日の早朝である。

村上武吉《たけよし》は、六百隻にもなる安宅船《あたけぶね》の海賊船団を、大坂湾にむけて東進させていた。全長が十間にもなる巨船で、それぞれ数十の漕ぎ手と、焙烙火矢《ほうろくびや》で武装した兵が乗り込む。瀬戸内で比類するもののない大水軍である。楔《くさび》形の密集隊形をとっており、櫂《かい》が海面を叩く音と舳先にたつ波飛沫《なみしぶき》の音だけが、武吉の周囲に響いていた。

安芸国《あきのくに》を拠点とする毛利輝元《てるもと》配下の軍勢だ。

ここまでの航海は順調だった。船団の先頭に立つ安宅船の舳先には、武吉が見張りを買って出ていた。冷えた海風が緩やかに流れ、きんと身に凍みる。吐く息が、とにかく白い。この寒空のなか、武吉は上着すら羽織らず、筋肉質の両腕は素肌を晒していた。齢四十六にして壮健だ。

しかし、その表情は冴えない。

「静かすぎるな」

石山本願寺への物資を満載している、という情報も織田方はとうに承知しているはずで、いずれ配下の九鬼《くき》水軍が網を張って待ち構えていると見るのが筋だ。

しかし、いつまでたっても敵が姿を現わす気配がなかった。

「お客人、これでなにごともなく大坂まで到着、などという肩透かしな話はあるまいな」

武吉は前方の海原を睨みながら、声をあげた。

その言は、安宅船の甲板中央に置かれた矢倉にむけられている。しかし、肝心の人物からの返事はなかった。

播磨灘《はりまなだ》をなかほどまで進んだあたりで、明け六つを迎えた。淡路島の東端のむこうに、紀伊の山脈が茜色の空にくっきりと稜線を浮かばせている。そこから朝陽が差し、武吉は眼を細めた。

さらに半刻が過ぎて辰《たつ》の刻を迎えたとき、船団は隊形を三列縦陣にして明石海峡を抜け、大坂湾に入った。

いよいよだ。

船団は各縦列で十隻単位の輪形陣を組んだ。

武吉は、まなじりに力を込めた。

唐突にそれはやってきた。

海面に陽光がきらめく下を、黒い影が白い航跡を曳《ひ》きながら一直線に迫ってくる。

海豚《いるか》か、鱶《ふか》。それが全力で泳いでくるように見えた。

違った。そのどちらでもなかった。

航跡は、何本も見えた。右の三隻にぶつかった。

その直後、安宅船の船首に巨大な火球が膨らんだ。視界が揺らぐほどの衝撃波とともに、凄まじい爆音が武吉の全身を打ちつけた。

「うおっ！」

火炎に呑まれた船体がふたつに割れ、火だるまになった兵たちが次々と海に飛び込んでいく。

けっして小さくはない安宅船が、渦を巻く海に見る間に呑み込まれていった。

新たな航跡が迫った。陣形の中央船団に呑み込まれ、次々と爆発を引き起こしていった。

やられた。

これは織田の新兵器だ。

どんな仕掛けか知らないが、はるか遠方から放たれた武器が水面下をひた走って、安宅船を血祭りにあげていく。しかもその船倉には、石山本願寺への救援物資ではなく、火薬が満載されていた。今回の海戦における村上水軍の二の手だ。織田がどんな新造船を繰り出してこようと、無人の安宅船で自爆攻撃を仕掛ければ造作もなく撃破できる。そのための備えが裏目に出た。

「密集を解け！」

すみやかに輪形陣船団の左右の縦列が横に広がりはじめた。そのあいだにも次々と黒い影が迫り、安宅船を沈めていった。

「おのれ！」

武吉はいきり立った表情で奥歯を噛みしめた。これでは勝負にならない。

「姿を見せろ！」

その願いは、叶った。

海面が大きく盛り上がった。煽られた二隻が持ち上げられ、激しく傾いだ。甲板上の兵たちが舷側から投げ出されていく。

海を割って現われた。

巨大な、鉄の塊が。

武吉は息を呑んだ。

船だ。鉄《くろがね》でできた、海の底を進む船。

全長は三十間ほどもある。安宅船の三倍の大きさだ。船首が衝角となって鋭く、全体が金属の装甲で覆われている。幾筋もの海水の尾を引きながら、まるで鯨が戯れるように洋上に跳び出してきた。

次の瞬間、その巨体を海面に打ちつけた。そこに、後続の安宅船がいた。

木造の軍船は、他愛なく木片と化した。盛大に水飛沫が舞い上がり、雨のように武吉の頭上へ降り注いでくる。大きな波が生じて、武吉の船を激しく揺らした。

「なんだ、ありゃあ……」

それ以上の言葉が出てこなかった。

「あれが、織田の鉄甲艦ですね」

いつの間にか、武吉の背後にひとりの若武者がいた。歳の頃は十四、五。今回の作戦で、お館様から客人として託されたふたりのうちのひとりだ。巨船を前に、落ち着いた表情を崩さない。

「おめえさん、あの船、知っているのか?」

険のある目つきで、武吉が問うた。

「お師匠から聞いておりました。すでに完成していたとは」

若武者の言葉は、どこか他人事である。

「とんでもねえ仕事を引き受けちまったかな」

若武者の態度に、武吉も落ち着きを取り戻した。いい大人が小僧の前で無様な姿を晒すわけにはいかない。

「ん?」

武吉の右眉がわずかに跳ね上がった。

鉄甲艦の上面装甲が開いた。

船体中央に鶴の首を連想させる大櫓《おおやぐら》が立ち上がり、周辺の装甲が開いて甲板を露出させた。さらに両舷の装甲が細長く翼のように大空に広がった。武吉の頬が引き攣った。

壮観な眺めである。その姿は、青空と海原を背景によく栄えた。

「お師匠！」

若武者が、矢倉に首を巡らせた。

「お師匠、鉄甲艦に乗り込みます！」

「師匠と呼ぶな」

ゆらりと、薄紫色の派手な着物姿の侍が矢倉から姿を現わした。髻《もとどり》は結っていない。月代《さかやき》を剃らず、伸びた髪を無造作に頭上で束ねている。歳は三十をわずかに超えたあたりか。目立たぬよう袖と手甲で覆われている左腕は、金属でできた義手だ。どういう仕掛けか、まるで生き身のようになめらかに動く。背負っていた太刀を正面にまわして抜くと、黒光りする刃渡り四尺近い得物が武吉の目を引いた。

ある男の名が、いまになって武吉の頭に浮かんだ。

「もしや……」

途中まで声が出たが、そこでやめた。すぐに答えは出る。

「行くか」

「はい、お師匠」

若武者の返事に、侍は顔をしかめた。

次の瞬間。

握る太刀が、漆黒の虹を放った。

第一章　鬼狩り

1

耳鳴りがひどい。それが織田信長の神経をけば立たせた。天台寺門宗園城寺《おんじょうじ》で進軍前の評定《ひょうじょう》が執り行なわれようというこのとき、赤と金に彩られた甲冑姿で上座の床几《しょうぎ》に腰掛けるのが、いちいち煩わしい。

広間には、織田家の家臣団が集っていた。信長の正面に畳三枚ほどの大きさの比叡山周辺の地図が広げられ、図上には延暦寺を包囲する諸将の軍勢を意味する駒が置かれていた。

元亀《げんき》二年（一五七一）九月十二日、早朝。

どこか遠くで騒ぎが起こっている。その狂乱が信長の耳朶《じだ》に響いて癇《かん》に障った。これがいままさに攻め入ろうとしている比叡山延暦寺の坊主たちの狼狽かと思えば愉快だが、なにかが違う。

これまで感じたことのない、異質な〝気〟だ。

信長は苛立ちを隠そうともせず、一堂に会した織田家の諸将を睨め回した。明智光秀には、信長の虫の居所が悪い理由がわからない。しかし、その接しかたは心得ているつもりだ。硬い表情で、布陣の報告のために膝を一歩前に出した。

「お館様、布陣は滞りなく整うてございます。あとはただ、号を待つばかり」

「…………」

信長は押し黙ったまま地図を見つめた。

いつから不浄の地と化したのか。なにかにつけて信長に楯突き、都への強訴で横紙破りを続けた延暦寺の破戒僧どもが吐く息が、空気をどんよりと濁らせ、穢《けが》したのだ。

信長は、仏の戒めも伴天連《ばてれん》の教えも神道の導きも、尊いものと捉えている。民草の生活に道理を与え、天下の政道に寄与するものを手厚く遇するのは、やぶさかではない。しかし、艶と欲にまみれた延暦寺の生臭坊主どもは認めない。あろうことか信長に反旗を翻した浅井と通じるなど、もってのほかだ。

雷鳴が近づいている。開け広げられた障子戸のむこう、夜明け前の暗がりに溶け込んだ庭先が、雷光で青白く浮かび上がり、間を置かずにどんと大地を打つように鳴った。

それは唐突だった。

ぴりりと、信長の左のこめかみが疼いた。

最前から信長を煩悶《はんもん》とさせていた狂騒の波が、凄まじい勢いで寄せてきた。

叫んでいる。

言葉にならない。いや、信長の理解できない言葉なのか。ひたすら錯乱に近い不快な感情だけが伝わってくる。信長は眉間にしわを寄せ、いきなり立ち上がった。

「お館様？」

思いがけない信長の挙措に丹羽長秀が声を発すると、すかさず光秀が二の句を継いだ。

「いかがなされました？」

信長の奇行ぶりは、古くは〝尾張《おわり》の大うつけ〟とまで囁かれており、信長に仕えて日の浅い光秀でも知悉《ちしつ》している。しかし、きょうはなにかおかしい。信長は広げられた地図を踏みつけ、ならべられた駒を蹴散らして、庭に面した廊下に進んだ。その眼は、どこか上空の一点を見据えている。

信長を追って廊下に出た光秀は、空を見上げて言葉を失った。

全天を覆う雲が、波打っていた。

まるで巨大な蚯蚓《みみず》の群れがのたうつように、不規則に蠢《うごめ》いている。

面妖な。

光秀は胸の内で呟いた。次々と家臣団が廊下に集い、誰もが光秀と同じように絶句した。

遠くで、天空が割れた。

東の方角、まさにかれらが数日前に出陣した美濃国《みののくに》、岐阜城の直上あたりだ。

厚い雲が裂け、そこからまばゆく光り輝くなにかが、ものすごい勢いで飛び出した。

光は、大小のふたつの球だ。周囲に稲妻の爆音を撒き散らしながら、離れては近づきを繰り返しつつ、こちらに接近しながら次第に高度を下げている。

信長は悟った。

ふたつの光球が戦っている。

追いつ追われつ、互いを牽制しあいながら必殺の一撃を放つ瞬間を窺っている。

雷撃の一筋が、大光球を捉えた。手応えがあった。炸裂するような音とともに、無数の火花が散った。

「なんと！」

おもわず信長は大声を張り上げた。

しかし、大光球は反撃を諦めていなかった。渾身の雷撃を放ち、不用意に近づいた小光球を貫いた。

小光球はふたつに割れ、ひとつは進路を横にそれて北近江に墜ち、もうひとつは大光球と並走している。地上に無数の炎の塊を撒き散らしながら、信長たちのいる琵琶湖の湖畔にまっすぐ迫ってきた。放つ光が、次第に園城寺の境内まで明るく照らすようになった。

「ひいいいっ！」

魂消《たまぎ》るような悲鳴をあげたのは木下藤吉郎だ。その他の家臣たちも、声にこそ出さないものの、己の死を覚悟した。

不意に巨大な光球から力が失せ、弧を描くように高度を落とした。小光球は勢いを失わず、琵琶湖を横断して比叡山の尾根に突き刺さるように激突した。どんと山肌を揺らし、小さな爆発が起こった。

大光球は、琵琶湖の東側湖畔、安土山に激突して山頂を盛大に抉《えぐ》り、跳ね上がった。近くまで寄ってわかったが、それは滴のような流線型の塊で、長さが五十間近くあるだろうか。琵琶湖の湖面に盛大な飛沫と水蒸気の塊を巻き上げながら滑り進んだ。延暦寺門前町の坂本まで達して陸に乗り上げ、比叡山の山林を薙ぎ倒しながら駆け登ったところで、ようやくとまった。地鳴りが波となって、信長たちの足下を揺らした。

湖畔から比叡山の東斜面にかけて広く火の手が上がり、夜明け前の曇天を朱《あけ》に染めた。

その圧倒的な光景に、光秀たち家臣団は肝を潰した。しばし呆然とし、惚けた口を閉じるのも忘れていた。ただひとり、信長だけは内から湧いてくる興奮に身を震わせた。

最初にわれに返ったのは、柴田勝家だった。

「――な、なんじゃありゃ!?」

その叫び声で、諸将の呪縛が解けた。

「至急、斥候を放てい！」

素早く冷静に命令したのは、やはり光秀だ。

「是非もないわ！　光、これぞ天啓よ！」

喜色満面の信長が、大股で庭を横切って表門にむかった。もはや延暦寺の焼き討ちなど、どうでもよくなった。

「叡山へ急ぐぞ！　馬じゃ！　早う馬を！　あれはわしのものじゃ。浅井に先を越されること、まかりならん‼」

2

地面に横たわるお蘭の目の前で、母が鬼に喰われていた。

なぜ？

最初に頭に浮かんだのは、その言葉だった。十二歳の少女には、それ以上の表現が見つからなかった。

織田信長が攻めてきても、延暦寺の境内に逃げ込めば僧兵が守ってくれる。母はそう言ってお蘭の手を引き、夜明け前の参道を駆け上がったのだ。しかし延暦寺東塔の境内に入ったところでいきなり視界が強烈な光に包まれ、直後の叩きつけるような衝撃に全身を打たれて気が遠くなった。

どれくらいそうしていたのか、わからない。

ふおう。

いままで聴いたこともないような唸り声だった。

逃げ惑う村人の悲鳴や僧兵の怒声がいくつも飛び交うなか、鬼に喰われる母の断末魔が耳に届き、それが刺激になってお蘭は目を覚ました。

突き刺すような光のなかで、それでも目と鼻の先で喰われているのが母だとすぐにわかった。

鬼は小柄な母の右首筋に鋭い牙を突き立てると、軽く首を振った。

胸から右腕までが、ばりっと食いちぎられた。その肉片から滴る血糊を、鬼が啜《すす》る。生暖かい母の血の臭いが、お蘭の鼻腔にまとわりついた。凄惨な光景だったが、まばゆい光のなかでは不思議なほど神々しい。

鬼は、何匹もいた。

大人の倍くらいの背があるだろうか。素早く動き、簡単に人を捕まえて生き血を啜っていく。孑孑《ぼうふら》の湧いた水甕《みずがめ》にめだかを投げ入れたときのようだ。

そこで初めて、お蘭は自分の腹が深く裂けているのに気づいた。

もうすぐ死ぬんだな。

それだけは、すぐにわかった。恐怖も悲しみもない。からだと同じように、感情の大部分が麻痺していた。

ふと気配を感じて、お蘭は視線を鬼の顔から足元に転じた。

そこに、ひと抱えはありそうな大きさの、半透明なぶよぶよした塊があった。巨大な水飴のように見えたが、それはまるで芋虫のように小刻みに全身を蠢かせていた。

生き物なのだ。

鬼とは別の、美しく醜いなにか。

お蘭はその生き物に魅入り、同時にそれまで麻痺していた感情が一気に蘇って、頭のなかをぞっとするような恐怖が駆け巡った。なぜか、自分がこれからどんな目に遭うのか一瞬で理解できた。せっかくもうすぐ死ぬというのに、それよりひどいことをするなんて。思考が支離滅裂になった。

水飴の化け物の表面が波打ち、細長い触手のようなものが何本も伸びてきた。

やめて！

無数の触手が、お蘭の全身を撫で回した。

無残に飛びだして湯気を立てているはらわた、そして裂け目の内側を、まるで腑分けするように入念に検めていく。かろうじて動いている心の臓を弄《まさぐ》り、そこから喉の内側へと触手の尖端は伸びていった。

目的のものを見極めたという化け物の確信が、お蘭に伝わってきた。

園城寺門前町から坂本まで、およそ二里である。四半刻とかからず、信長の駆る馬は単騎でこの距離を駆け抜けた。ときには比叡山を包囲する陣営を蹴破るように突破し、それでも逸る気持ちを抑えきれずに信長は馬に鞭打った。

坂本にいたる寸前までは、湖畔の町並みに異状はなかった。朱の天空の下、むかって右手の湖畔側には漁師の寝起きする小屋がならび、左手には農地が広がるなかに農民の小屋が点在する。

あれだけの大爆音が鳴り響いたのだ。常なら大量の野次馬たちが外に飛び出してきて北の空を見上げていようものだが、今朝は織田軍が大挙して延暦寺に兵を寄せているため、農民や漁師たちはこぞって南の近江神宮の界隈まで身を寄せている。周囲はまるで廃村のように閑散としていた。わずかな違いといったら、琵琶湖に立った大波で何隻もの漁師舟が浜辺に打ち上げられていることくらいだろう。波打ち際はいまだに嵐の後のように湖水が寄せては引き、砂を洗っている。

次第に周囲の空気が熱をはらみ、無人の家屋が炎に包まれる光景に取って代わった。立ち上る黒煙が眼にひりつくが、信長はさらに馬を駆った。

坂本の中心地は、いよいよ異様な光景が広がっていた。

「なんということよ……！」

あまりの惨状に、馬上の信長はわが目を疑った。

町が根こそぎ、消え失せていた。

立ちこめる土煙と蒸気で視界が遮られるむこうで、大光球に抉られた地表が、高熱のガラス状に変質して赤い光を放っていた。

坂本の住人が暮らした家も大地とともに溶けて、比叡山にむかって巨大な一本の窪地の一部と化していた。もはや人の営みの痕跡がまったく残されていない。かすかに、人が燃えたときの鼻を突く異臭が漂っているのが、その残滓《ざんし》だ。いまも赤く燃える大地が熱を放ち、真夏の日差しのように信長の頬をちりりと灼いた。

さらに、抉られた大地の溝は参道の右手に沿うように木々を薙ぎ倒して、比叡山の山肌を這い上がっていた。見上げれば、紡錘形の大光球は日吉大社を焼き尽くし、延暦寺東塔に達したあたりで、山腹に突き刺さるように天にむかって屹立していた。その周囲も、そこかしこで火の手が上がっている。大光球はいまも光を失わず、四方にむかって稲妻を放ち、大太鼓を打ち鳴らすような爆音を轟かせていた。境内は大騒ぎになっていてもおかしくなかったが、それらしい喧騒はまったく伝わってこない。

おかしい。

信長は訝《いぶか》しげに目を細めた。

そのとき。

また耳鳴りが生じた。

最初は弱々しく、ある瞬間から急激に強くなって、がつんと信長の脳髄を打った。

信長ははっきりと悟った。

「来いというか、わしに」

われ知らず、口元が笑うようにつり上がった。

「お館様！」

遠方から、今度は甲高い現実の声が響いてきた。馬が駆ける蹄の音も聞こえてくる。

明智光秀だった。かれも単騎で駆けて、信長を追いかけてきたらしい。

「光、ついて参れ！」

信長は馬の腹を蹴った。大地の溝をたどるように、延暦寺山門をめざす。光秀はあとを追いながら、焦りを隠した声で叫んだ。

「お館様、危のうございます！　せめて勝家殿の到着を待たれてはいかがか。全軍の指揮はどうされます！」

「言わずとも仕事はできよう！　言われたことしかできぬは雑兵じゃ！」

こうと決めたら変節しないのが信長だ。光秀は説得を諦めた。

信長は、参道を塞ぐ倒木にまで火の手が及んでいるなか、馬を器用に操り石段を上がっていった。光秀には真似できない。彼の馬術が下手なのではなく、信長が達者すぎるのだ。光秀は馬から下り、甲冑の重みを両脚で感じながら石段を駆け上がるしかないと覚悟を決めた。

「お館様、危のうございます！　お館様！」

大声を張り上げるが、ずっと先を行く信長に届いているかは怪しい。

まっすぐ進んだところに、延暦寺東塔がある。

信長が境内に達した。山門は衝撃で吹き飛んでおり、進路を遮るものはない。

「どう、どう！」

手綱を引き、荒ぶっている馬を御した。

雷光に照らされている境内に、人気はなかった。

いや、正確には、無数の骸が転がっていた。

いくつもならべられていた逆茂木《さかもぎ》が無様に砕けて燃え上がり、その隙間を埋めるように、引き裂かれた僧兵や逃げ込んだ宗徒たちの死体が転がって、境内を鮮血で染めている。それは猛獣に襲われたようにも、衝撃で全身が砕かれたようにも見えた。辺り一面が血の海だ。

「なにがおるか……」

その正体を探るように、信長は視線を右に転じた。根本中堂の正面扉に乗り上げるように、大光球がそそり立っている。すでに根本中堂の外壁にも延焼が進んでいた。

「いよいよもって奇っ怪なる代物よな」

視線を下ろした瞬間、今度こそ信長は肝を潰した。

周囲に、無数の童《わらわ》がいた。

みな同じ顔、血にまみれた藍染めの着物、同じ背格好の小娘だ。年の頃は十二、三か。

いまのいままで誰ひとりいなかった境内を、隙間なく埋め尽くしている。信長をぐるりと囲み、一面が炎に包まれようというなか、凍りついたように瞬きもせず信長を見つめていた。

「わしを誑《たぶら》かす気か……」

信長は、すぐにわれに返った。これが延暦寺の僧兵どもの妖術ならば、打ち破ってくれよう。物怪の仕業とあらば、組み伏せて我がものとしてくれよう。

そこに、息が切れて顎《あご》の上がった光秀が到着した。

「お、お館様……」

山門の瓦礫の脇をくぐったところで腰を折って両膝に手を置き、息も絶え絶えに随参の声をあげた。その周囲にも小娘が群れ、もはや立錐の余地もない。しかし光秀は、それを気にかける様子がない。

もしや。

「光、来たか。近う寄れ」

やや硬い声で信長が呼び寄せた。

「は」

まだ息は整っておらず、光秀の顔には滝のように汗が流れている。しかし主君に呼ばれたとあって、脚を前に進めた。

小娘の姿とぼんやりと重なり、陽炎を通り抜けるように光秀が前に出た。

やはり。

信長はひとり得心した。

光秀は砕けた逆茂木と転がる無数の死体だけを避けて歩を進め、何十体もの小娘の幻をかまわず重なり抜けて、信長の座する馬のすぐ脇に達した。

「お館様、この有り様はいったい……。あれに見えるは、いましがた天を駆けた火の玉？」

「あれは、ひとまずよい」

光球にむかって顎をしゃくった。その言葉が光秀には信じられなかった。

「よいと申されましたか⁉」

「よい。それよりも……、ん？」

信長は言葉を切り、怪訝そうに眉間にしわを寄せた。

まるで蝋燭の火が消えるように、ぽつりぽつりと、近くから小娘の姿が失せていく。

道筋を示すように、わずかな数の幻が残った。

根本中堂に誘っている。

「――おもしろい」

信長は馬から舞い降り、幻にむかって進んだ。近づくと消える。次が淡く光り、進路を示した。信長の歩みに迷いはない。しかし、小娘が見えていない光秀には、なにがどうなっているのか、さっぱりわからない。

「お館様、お気をつけあれ！　どこに生き残りの僧兵どもが潜んでおるやもしれませぬ」

光秀の言葉に、信長は苦笑した。

「かまわぬ」

これまで見たこともないようななにかが待っている。そう思うと、延暦寺の僧兵など、すでに些《さ》事《じ》でしかなかった。

3

激しく燃え盛る正面扉の脇に、人が通り抜けられるだけの隙間があった。小娘に導かれ、信長は根本中堂に入った。火の手はまだ内部までは及んでいない。しかし煙が流れ込んで視界が悪かった。

根本中堂は、神々を勧請《かんじょう》する竹台が置かれた中庭を囲む、回廊構造の寝殿造りである。信長は瓦礫を乗り越えて堂内の前陣に入ると、順路となる左に進んだ。

朱色の空が回廊を照らし出している。そこに浮かび上がる光景が尋常でなかった。

「光、気づいてか？」

「はい」

引き裂かれた僧兵の死体が転がり、血糊を踏み荒らした無数の足跡がある。その多くは人のそれとは明らかに異なる、奇っ怪な足跡だった。

巨大だ。人の倍はあろうか。しかも、そこには七本の指跡が残されている。

人智を超えた獣が、僧兵どもを喰らった。そう解釈するのが正しい。

「お館様、嫌な予感がいたします」

光秀が囁いた。

「ますますおもしろい」

信長の顔に、不敵な笑みが浮かんだ。

回廊を回り込むと、正面扉から中庭を挟んだ反対側の中陣で、煙に霞むむこうから小娘が信長を見つめていた。また近づけば姿を消してしまうのだろうと思ったが、これまで微動だにしなかった小娘が不意ににっと笑みを浮かべ、不覚にも信長の脚がとまった。あろうことか、小娘は手招きする。

「！」

わずかに信長の顔がこわばった。

異状を察した光秀が、信長の前に出た。

「娘！　ここでなにを見たか！」

光秀が、厳しい口調で問うた。小娘はそれに応えず、不気味な笑みを顔に貼りつけたままだ。

「光、あの娘が見えるか？」

「お館様、なにを申されます？」

光秀には、信長が問う意味がわからなかった。目の前の娘を、ただの門前宗徒の生き残りだと思い込んでいる。

「娘、答えよ！」

「光、下がれ」

信長が光秀に命じたそのとき、小娘がかすれた声を発した。

「ぬしか……」

不出来なからくり人形のように小娘の眼球がぎょろりと動き、信長を捉えた。

「われに応えたのは、ぬしか……」

聾《ろう》の者が声を絞り出すような発声だった。しかし、小娘とは思えない、どこか風格を感じさせる喋りかただ。その見た目と立ち振る舞いが噛み合わない。

「童、うぬが呼んだか」

信長は腰の太刀を抜いた。ふたたび光秀の前に出て、その切っ先を小娘にむける。

「ぬしを呼んだのではない。わが声に応えたのが、ぬしだったまでのこと」

小娘は信長の威嚇に平然としている。

「なれど、われらは運がいい……」

「なにを……」

そこに、光秀のいままでにない緊張をはらんだ声がかぶさった。

「お館様……」

脂汗を浮かべた光秀が、信長に左手の内陣を見るように促した。

内陣は、僧侶が読経、修法する場所だ。回廊の中陣より十尺近く低い、石敷きの土間となっている。すぐ目の前に屹立する光球の放つ稲光に、蠢く異形の存在を浮かび上がらせた。

鬼。

信長が最初に思い浮かべたのが、その言葉だった。

身の丈およそ八尺。見上げるように大きく、衣《きぬ》はまとっていない。肌は透き通るように蒼白く、赤い血管が浮かび、その表面はしたたかに湿りを帯びて蛞蝓《なめくじ》を連想させる。二本の脚で立ち、胸から肩にかけてみごとに盛り上がった巨躯の先に、太くて長い腕がある。両手足の指は七本。その先には鋼のように鈍い光を放つ爪がある。

炯々《けいけい》と光を放つ双眸《そうぼう》が、信長を喰い殺す命令を待ちわびているようだった。無数の牙がならぶ口から胸元は、鮮血でべっとりと濡れそぼっている。ことこの場にいたって、獣を喰らったなどという冗談もあるまい。

鬼は、一体ではなかった。内陣に二体、信長と光秀の背後の回廊に一体、さらに小娘の背後と中庭にも一体ずつ現われた。

囲まれた。

寸前までまったく気配を断っていた鬼たちが、このときを待っていたように一斉に殺気を膨らませた。

「きさまらが坊主どもを喰ろうたか」

事態を悟り、それでも信長は不敵な笑みを浮かべた。背中合わせで鬼に刀をむける光秀には、そこまでの胆力《たんりき》はなく、奥歯をがちがちと鳴らした。本能的な恐怖が、全身を鉛のように重くしていた。

「娘、わしを喰らうか？」

信長は睥睨《へいげい》した。

次の瞬間。

いきなり、目の前の小娘が金属を擦り合わせたような不快な笑い声をあげた。

耳障りな声は長く尾を引き、堂内に谺《こだま》した。

この日を境に、戦乱の世は変貌を遂げることとなる。

4

雪の舞う朱雀大路《すざくおおじ》は、阿鼻叫喚の坩堝《るつぼ》と化していた。

鬼が姿を現わしたのは、およそ半刻前、元亀三年（一五七二）閏《うるう》一月十日の暮れ六つだった。

応仁の乱の荒廃からようやく抜け出そうとしていた都で、多くの商家が店じまいの支度をはじめ、仕事を終えた職人や近隣の住民が家路を急ぐ頃合いだ。

京の西、太秦広隆寺《うずまさこうりゅうじ》の門前でいきなり現われた鬼に主人の首を捥《も》がれ、血の塊を浴びて分別をなくした奉公人が、導いてはならない場所に鬼を導いてしまった。

朱雀大路は、御所の朱雀門跡から南にまっすぐ延びる、都の目抜き通りである。鬼にとっては恰好の餌場《えば》だ。まず追いかけた奉公人を、そしてその場に出くわした公家や商人たちを、嬉々として屠《ほふ》って回った。

見上げるような巨躯に似合わず身軽に跳び、驚異的な膂力《りょりょく》で獲物を振り回し、鋭い爪で引き裂いていく。

血相を変えて逃げ惑う老若男女と、事態を把握できずに脚をとめた行商人たちとが入り乱れた。

その混乱のなかに、鬼が飛び込んだ。四人の行商人が鬼の両脚に踏み潰されて絶命し、その太い両腕に張り倒された何人かは、首や背筋をあらぬ角度に曲げて地面に転がった。

鬼は手当たり次第に逃げ遅れた商人たちを屠っていく。雨戸を閉め遅れた旅籠《はたご》に狙いを定めると、番頭や仲居、女中や投宿客たちを次々と肉片に変えていった。

そこに、見廻り組二十人が駆けつけた。京都所司代、村井貞勝の麾下《きか》である。

いくつもの断末魔が谺する旅籠に無闇には押し入らず、刺股《さすまた》や投げ縄などの捕物道具、長槍や弓を手に、間口からおよそ五間を置いて囲み、鬼が表に出てくるのを待った。

旅籠が静まり返った。

「来るぞ。構えよ！」棟梁が号を発すると、各々が手にした得物を旅籠にむけた。

その奥から、巨大な影が梁の下をくぐってぬうっと姿を現わした。全身を血で染め、無数の牙が突き出す口許には、嚙み砕かれた女の顔半分が恨めしそうな表情で垂れ下がっている。

その異形ぶりに、寸前までの闘志は一瞬で掻き消えた。

「か、か……」

棟梁の声が無様に震えた。かかれ、というただ一言が出てこない。

ふおう。

鬼のひと吼えだけで見廻り組の兵たちのかざす得物が頼りなく揺れ、あらぬ方向をむいた。

次の瞬間、鬼は疾った。

あっという間に半数の頭蓋を砕いた。かろうじて一撃目を躱《かわ》した兵が反射的に矢を射掛けただけでも立派だ。しかし、鬼は背に命中した数本の矢にまったく痛痒《つうよう》を感じていない。背に矢を生やしたまま、残る兵のからだを柘榴《ざくろ》のように砕いた。

都が、たった一匹の鬼に蹂躙されている。

つづいて鬼に挑む者がいた。

金糸銀糸の刺繍がきらびやかな公家装束をまとった男だ。

陰陽師である。朝廷が公に認めた、陰陽寮の呪術師だ。これまで幾度となく鬼の捕縛に失敗しつづけた京都所司代の不甲斐なさに業を煮やし、送り込まれた。

「都を騒がせし不埒な物怪、成敗いたす」

陰陽師は〝破邪の法〟の手順を踏んだ。

「青龍、白虎、朱雀、玄武、勾陳、帝台、文王、三台、玉女」

唱えたのは、密教の呪法を九星九宮に置き換えた陰陽道特有の九字法である。印は結ばず、呪文にあわせて九度、右手に持つ小袋を縦横交互に大きく振った。

口を緩めてあった小袋から、黒い粉が宙に舞った。吹きつける粉雪とともに、鬼にむかって流れていく。粉はぬめりを帯びた鬼の肌に、おもしろいように貼りついていった。

「えい」

気合いとともに、陰陽師が左手を前方にかざした。その指先に、直前まで腰に下げていた印籠がある。蓋が開かれ、そのなかに赤黒く光る火種があった。

陰陽師の撒いた黒い粉に燃え移った。

粉の正体は、黒色火薬だ。小さな炎の塊が宙に連続して花を咲かせ、奔流となってまっすぐに鬼に伸びる。鬼の全身に付着していた火薬に燃え移ると、巨大な炎の塊が大きく膨らんで鬼を包んだ。

どう。

爆音が大地を揺らした。空気が揺れて周囲の建物の雨戸を打ち、びりりと鳴った。

陰陽師は次々と宙に火薬を撒き、火をかける。炎の塊が横に疾り、鬼を嬲《なぶ》った。周囲の建物に燃え移ることをまったく気にかけていない。

鬼は炎の中心でうずくまり、微動だにしなかった。すでに全身の皮膚や肉が焼かれて炭化しているはずだ。

早計だった。

ぴくりと、炎の中心で消し炭と化した鬼が動いたように見えた。

そして。

立ち上がった。陰陽師は両眼をこぼれ出さんほどに見開き、驚愕の色を浮かべた。

鬼の表面を包んでいた炎が、かさぶたのように変質した皮膚とともにばらばらと剥がれ、足下に落ちた。

鬼は、まるで無傷だった。

炎に包まれる前となにひとつ変わることのない姿である。いや、背中に突き刺さっていた矢が燃え落ち、むしろすっきりしている。ぬめりを帯びた皮一枚が、強大な黒色火薬の爆圧と高温の炎を完全に遮断していた。周囲の建物に移った炎があたり一帯を赤く染め、鬼の巨躯をてらてらと照らしている。

ふおう。

陰陽師に近づきながら、吐き捨てるように吼えた。

その怒りの形相に、陰陽師は立ち尽くしたまま失禁し、股間から湯気を立ち昇らせた。鬼の両手が肩にかかる。鋭い爪の尖端が、肩と背中に深く突き刺さった。

叫ぶ余裕すらなかった。

ところがそこで、鬼の動きがとまった。

新たな気配を感じた。鬼はその正体を探るように視線を正面にむけた。

雪の舞う朱雀大路の中央。

殺気を隠そうともしないひとりの男が、火の手の上がった旅籠から溢れ出る熱気のむこうで陽炎のように揺らめいている。

二十代半ばに見えた。月代《さかやき》は剃らず、伸びた髪を無造作に頭上で束ねている。髻《もとどり》は結っていない。わずかばかりの荷物と旅羽織を投げ捨てると、やや派手な桃紫の装束をまとった武者の姿があらわになった。独特な装飾の施された太刀と、深紅の鞘の小太刀が目を引く。

ふぉ。

屠りかけていた陰陽師のからだを投げ捨て、男に正対した。手強い相手だと一瞬で理解した。

男は腰の太刀を抜いた。業物《わざもの》とわかるひと振りだ。刀身が、獲物を前に鈍色《にびいろ》の光を放つ。しかしそれ以上に、男の双眸から雷《いかづち》のように迸《ほとばし》った鋭利な殺気が、鬼を一歩後ずさらせた。

すんでのところで命拾いした陰陽師は、雪の積もりはじめた路上に転がったまま、殺気を放つ男に視線を転じて目をむいた。

その男に見覚えがあった。

「あれは……、国主無《くしゅな》の……」

かすれた声で呟いた。

「桜井《さくらい》桃十郎《とうじゅうろう》」

5

桃十郎は、一瞬で太刀の間合いまで詰めた。

ふお。

鬼が大きく右腕を振り下ろした。

わずかに上体を左に傾け、鬼の腕をするりとかいくぐって懐に潜り込んだ。流れるような動きに無駄がない。

銘刀五蘊皆空《ごうんかいくう》が一閃した。

鬼のぶ厚い胸板を捉えた。ぬめりを帯びた皮膚とその下の肉を、深く斬り裂いた。

北から吹きつける雪に、赤黒い血糊が飛沫となって混じった。

ふおっ。

驚きのこもった息を吐いた。鬼がこの地で初めて受けた痛手だった。

たてつづけに二撃、三撃と鬼の腹に打ち込んだ。体勢を立て直す暇《いとま》を与えない。

桃十郎の背丈は六尺近いが、それでも鬼の肩にも届かない。ただの力比べなら体躯に勝る鬼が有利だ。しかし、桃十郎の太刀捌きが圧倒していた。鬼はすでに、溢れ出た体液で全身が赤黒く染まっている。

だが鬼は、ただやられるばかりではなかった。

桃十郎が放った六撃目の太刀を躱さず正面から受け、同時に太い左腕を振り下ろした。

七本の爪が疾る。まっすぐに桃十郎の肩から腹をめざしていた。

ぶんと唸りを立てて、爪は空を切った。そこにいたはずの桃十郎の姿がない。

鬼の左腕の下をかいくぐった。鬼が左回りに動きを追う。その視線が捉えた桃十郎は、鬼の顔の高さまで跳躍して太刀を頭上に振りかぶっていた。

切り裂いた。

五蘊皆空が。

鬼の頭を。

頭頂部に打ち込まれた太刀筋は、そのまま額から左眼を斬り裂いて顎まで達した。

ふおおっ。

その衝撃に耐えかねた鬼は、背中から地面にどうと倒れ込んだ。

おお、という潜めた歓声が、朱雀大路に面した家屋のそこかしこから漏れ聞こえてきた。

「すごい……」

「鬼を斬った！」

鬼に伍する武士《もののふ》がいる。その事実に、それまで死んだように静まり返っていた往来が、にわかに活気づいた。

「まだだ」

桃十郎が呟いた。

鬼は、これしきのことで倒せる相手ではない。

吹きつける雪が次第に勢いを増すなか、横臥《おうが》する鬼の全身から殺気が奔流となって迸った。やはりしぶとい。

ふうおう。

両脚を大きく振るった勢いで、鬼はバネのように跳ね起きた。

裂かれた顔面に当てた左手の指間から、赤黒い体液がこぼれ出る。しかし、残った右眼は闘争心を失っていなかった。

おあ……。

顎が裂かれて、咆哮に張りがなかった。だが、桃十郎を引き裂かんとする衝動は強い。

桃十郎はふたたび鬼の左手に回り込んだ。眼を潰された鬼の死角だ。

闇雲に鬼が両腕を振り回し、空を切った。

それをかいくぐり、太刀を振るった。鬼は桃十郎を視界の片隅に捉えようとするが、その駆け巡る動きについていけない。四方八方から斬り刻まれた。

しかし、致命打にはならなかった。

「ちいっ」

桃十郎が舌打ちした。

しかも。

回り込んだ鬼の背後に打ち込んだときだった。

鬼の皮膚と肉を斬る湿った音ではなく、がつりと響く硬質な音が桃十郎の耳に届いた。同時に、これまでに感じたことのない強烈な衝撃が、五蘊皆空を握る両手首から前腕に疾った。

「！」

鬼の肌が、刃を弾き返していた。吹きつける雪のつぶてに混じって、細かい金属片が光を放ちながら宙に散った。

五蘊皆空が刃こぼれした。桜井桃十郎の剣術は、五蘊皆空をして岩をも斬るという。その技を弾いた。

鬼の背が、瞬時に変容を遂げていた。

寸前までの蛞蝓のような皮膚が、金属の鱗のように硬く変質していた。いよいよ劣勢となったときに持ち出す、鬼の奥の手である。これは、桃十郎も初めて見た。

動揺したのは一瞬だった。

わずかに鬼の間合いから外れて腰を低く落とし、五蘊皆空を両手で右脇に構えて切っ先を鬼にむけた。

一撃必殺の突きの構えだ。

急所を刺し貫き、雌雄を決する。

突きは、乱戦では禁じ手である。目の前の敵を屠ることはできるが、敵のからだを刺し貫いた刀身が、反射で収斂《しゅうれん》した筋肉に咥え込まれて抜けなくなる。鬼を相手に仕損じれば、次は桃十郎の命がない。

それでも、突きを放つ。このときのために修練を積んできたといって過言でない。

ふお。

咄嗟に鬼の右手が、首のやや下、胸板の上端をかばった。

そこか！

桃十郎の狙いが一点に集中した。かばった鬼の右手ごと、急所を突く。地面を踏みしめる両脚に力がこもり、まさに鬼にむかって踏み出そうとしたそのとき。

〝気〟が炸裂した。これまで体験したことのない衝撃が、桃十郎のからだを貫いた。

「がっ……」

おもわず、桃十郎は呻きを漏らした。

ほんの一瞬のことだ。唐突に頭のなかで爆発するようになにかが反響し、背筋に強烈な痺れが疾った。

動けなくなった。

衝撃で視界がぼやける。

膝に力が入らず、五蘊皆空の切っ先がふらついた。

6

駄目だ。ここでとまるな。

桃十郎はまなじりに力を込め、鬼の気配を探った。いま挑まれたら、どう躱す？

しかし。

いつまでたっても、鬼は飛びかかってこなかった。

一度はぼやけた視界が、次第に焦点を取り戻した。

鬼が、背をむけていた。

まるで飼い主に呼ばれた犬のように、遙か遠方を見据えている。

鬼が跳んだ。

桃十郎に未練を残すように何度も振り返りながら、なにかに導かれるように南をめざした。

その先に。

灯《ひ》が見えた。

五十間ほど離れている。朱雀大路を塞ぐように横一列に広がる、松明の灯だ。いずこかの小規模な軍勢に見えた。しかも、松明の列はじわじわとこちらにむかって前進してくる。

鬼は、その灯をめざしていた。

戦いが不利と知って、新しい獲物を狙ったか。まずい、と桃十郎は反射的に思った。

「逃げろ！」

咄嗟に叫んだ。古い記憶が桃十郎の脳裏をよぎる。松明の下に何人ほどの兵が集まっているのかわからないが、鬼を相手に歯が立つとは思えない。まず間違いなく、虐殺されるだろう。桃十郎は、まだ膝が笑っている両脚を強引に動かし、駆けた。

「御身の手に余る！　逃げろ！」

動きをとめようとしない軍勢に、ふたたび叫んだ。

予想外のことが起こった。

軍勢に達する寸前で、鬼は地面を蹴って跳んだ。

風雪に揺れる松明の列を飛び越えた。桃十郎があれだけ痛めつけたにもかかわらず、鬼は人の頭の上を軽々と跳躍する力をまだ残していた。無数の長槍を天にむかって突き立てる集団の中央あたりに着地した。

そして。

しんとなった。軍勢が動きをとめた。

起こるはずの狂乱や怒声が伝わってこない。わずかに後列の兵が移動する気配はあるが、あらかじめ定められていたような整然とした動きに感じられた。

なにが起こった？

唐突に、松明の列が中央で割れた。そこから、馬にまたがった武将が前に進んできた。

「御加勢無用！」

馬上にいる男はいずれ名の知れた戦国武将らしく、瀟洒《しょうしゃ》な甲冑を身にまとっている。歳の頃は、四十半ばほどか。

「われは、岐阜は織田家に仕える明智光秀。鬼を相手に、御身のみごとな働きぶり、感服し申した」

明智光秀といえば、誰もが知る織田家の重臣だ。その男が馬上から軽く会釈をよこした。桃十郎が鬼を相手に互角以上に立ち回ったからとはいえ、光秀の態度は破格の待遇といえた。だが、そんなことはどうでもいい。いまは鬼だ。

「あれは俺の獲物だ！」

「いかにも！　されどここよりは、われらに任せられよ」

「悠長なことを言っている場合か！」

事情が呑み込めず、桃十郎は声を荒げた。光秀はそれを風と受け流した。

「われら、此度は〝鬼拾い〟のために都より南方の郊外で陣を張っており申した。騒ぎを聞いて馳せ参じた次第」

「鬼拾い？」

怪訝そうな顔つきで、桃十郎は光秀の背後に控える集団に目をやった。

「見てのとおり、すでに鬼はわれらが縛にある。鬼を御するは、剣のみにあらず」

たしかに、そこに生じているはずの狂騒がない。

光秀は馬から飛び降りた。見下ろすのでなく、等しい高さでの対面を求めてきた。

「しかるに、いずれ名のある武士《もののふ》と見たが……」

光秀は話題を切り替えた。もし仕官先を持たず髀肉《ひにく》を託《かこ》つ牢人であるなら、誰かに出し抜かれる前に是が非でも我がものとしたい。そのためだけに、光秀はここまで参じたのだった。

桃十郎は、相手が名のある武将であっても、媚び諂《へつら》うつもりは微塵もない。しかし相手が礼を以て接してきた以上、相応の礼で応じる必要があった。

「某《それがし》、桜井桃十郎と申す」

刀を鞘に収めて一礼し、名乗った。その瞬間に、光秀の顔色が変わった。

「桜井……、桃十郎……」

念を押すような言い回しだった。

「あの、国主無の……」

「いかにも」

桃十郎は軽く顎を引いた。次に光秀の口からどんな言葉が飛び出すか、容易に想像がついた。

「下賤の輩であったか……」

桃十郎の面前で光秀は頬を引き攣《つ》らせ、鼻で嗤《わら》った。慣れてはいるが、やはり嬉しいものでもない。

国主無とは、その名が示すとおり、仕える国も主もない侍である。

いわゆる牢人とは異なり、自ら仕官先を求めず、市井に生きることを旨とする。報酬次第でどんな仕事も受ける用心棒に近いが、御法度や不義理な依頼には手を染めないという不文律があった。

徒党を組むことはなく、ひとりひとりが独立した存在だ。国や主君の代わりに唯一殉ずるのは、国主無という名の矜持、そのものである。

　それを下賤と断じる者もいれば、剣の腕ひとつを買って諸国の武将が加勢を請うこともあった。ひとたび合戦となれば、国主無同士が戦場で刃を交えることもある。そのなかでも剣豪として名を馳せるのが、桜井桃十郎なのだ。

　光秀にとって国主無は、忌むべき存在だった。

　侍とは、主君に仕えて己の能力を発揮し、ことに臨んでは自らの命より家名を守るため果敢に戦う者、という信念が光秀にはある。

　しかし、国主無は違った。背負う家名も主君も国もない無頼の徒だ。侍と名乗ること自体がおこがましい。

　それだけに、この男の伎倆《ぎりょう》は惜しかった。これまでに何人かの国主無を眼にしてきたが、明らかに桜井桃十郎は格が違う。光秀がその名を伝え聞くほどの剣の使い手であり、太刀一本で鬼を相手に互角以上の立ち回りを演じた、ただひとりの男だ。

「国主無でさえなければな……」

　想いが、口を突いた。感情がそのまま光秀の顔に表れている。

「国主無であれば、なんとする？」

　桃十郎は能面のような冷ややかな視線で、光秀と対峙した。

そのときである。

「いや、けっこうなものを拝見いたし申した」

気の抜けた男の声が割って入った。

睨み合うふたりが声のした方向に振りむくと、場違いな烏帽子《えぼし》姿の男が、雪の吹きつけるなかを傘も差さず、薄ら笑いを浮かべて立っていた。

「ぬ、兼和……」

光秀が小さく声を漏らした。

吉田兼和。

京の都に社を構える吉田神道宗家、吉田家の九代当主である。朝廷にも諸国の戦国武将にも顔の利く、喰えない男だ。今年で三十八歳になるはずだが、つるりとした肌は十歳は若く見える。

なぜこのような鉄火場にこの男の姿があるのか。

兼和は光秀の胸中などかまわぬ風情でふたりに歩み寄り、おもむろに桃十郎に声をかけた。

「桜井殿、ここは引かれよ」

「ほう……」光秀が目を細めた。「この国主無、御身の差し金であるか？」

兼和と光秀は、旧知の仲である。身分は朝廷に近い兼和が遙かに上だが、ふたりはそれを斟酌《しんしゃく》せずに言葉を交わす。

光秀の問いに兼和は応えず、愉快そうに笑みを浮かべた。

「明智殿、鬼は連れてゆかれてけっこう」

「吉田殿！」

今度は桃十郎が気色ばんだ。鬼討伐こそが桃十郎の本懐と、兼和も承知しているはずではないか。

しかし、口に出かかった抗議の言葉を、桃十郎は呑み込んだ。兼和には、なにか含むところがあるに違いない。

「国主無の桜井桃十郎といえば、当代きっての剣豪。明智殿も気負われますな。さらに、すでに鬼は御手の内。いたずらに帝の御前で兵を広げずともよかろう。ここはすみやかに引かれよ」

「む……」

光秀は返す言葉に詰まった。露骨に言いくるめられているようで癪《しゃく》に障ったが、たしかに〝鬼拾い〟の目的は達せられたのだ。兼和の言うとおり、これ以上の長居は無用である。

「承知仕《つかまつ》った」

光秀は最後に桃十郎に一瞥をくれ、背後の軍勢に振り返った。

「引けい！」

馬上の光秀が遠ざかっていく姿を、煮え切らない想いで桃十郎は見送った。

「吉田殿……」

光秀に投げていた棘のある視線を、そのまま兼和に転じた。

「納得のいく説明をしてもらえるのだろうな？」

7

「あの鬼、桜井殿はなんと見たかな？」

兼和は桃十郎とむかい合って腰を下ろし、人肌に暖められた徳利を手に取って勧めた。桃十郎が無言でぐい飲みをかざすと、兼和が神酒を注ぐ。桃十郎は一口でそれを飲み干した。

ふたりは場所を移していた。

兼和の用意していた駕籠《かご》で、朱雀大路から離れた。いよいよ吹雪きはじめた二条大路を東にむかい、神楽岡に進んださきに吉田神社がある。吉田神道の神苑であり、兼和の自宅も兼ねる場所だ。吹きつける風が、客間の外で閉ざされた雨戸をがたがたと鳴らした。

「捨て置けぬな」

桃十郎は短く答えた。

「捨て置けぬとあらば、いずれときを待ち、織田側に押し入りとどめを刺すと？」

返す言葉を選んでいる桃十郎を待たず、兼和はつづけた。

「だがあの鬼……、あれは、桜井殿の追う鬼にあらず」

「追う鬼にあらず!?」

思いがけない兼和の言葉に、桃十郎は腰を浮かせた。

「左様」

「なぜ、そう言える？　ならば、あの鬼はいったい……」

十余年にわたり、鬼を倒すことだけを考えてきた桃十郎だ。にわかに兼和の言葉を信じるわけにはいかない。

「さすれば……」

兼和の鬼談義がはじまった。

「過ぐる元亀二年九月、天より降り墜ちし光の玉が、近江国《おうみのくに》は比叡山延暦寺を灼いた。この光の玉から出でしが、此度の鬼ども。叡山の僧徒数千を喰らい尽くしたと聞き申す。いずれ御隠島《みかくれじま》の鬼と、根を同じくするものであろうな」

立板に水のごとく、兼和は語った。

「これに欣喜雀躍《きんきじゃくやく》としたのが、織田信長殿。叡山に潜みし鬼どもを調略し、さらに群からはぐれて集落を襲った鬼も一匹ずつ狩り集め、都合十匹以上の鬼が織田殿の手の内に移ったとか」

「それが〝鬼拾い〟か」

桃十郎は朱雀大路で光秀が口にした言葉を思い出した。

満足気に頷いた兼和が、ふたたび語りだした。

「織田殿のもとには、鬼を手なずける、鬼使いなる小娘がおるとか」

「鬼使いの娘……」

桃十郎は、兼和の言葉を反芻《はんすう》した。どんな術を用いるのかは、わからない。しかし、あの鬼は光秀の軍勢の只中に飛び込み、そこでおとなしく縛についた。よほどの猛獣使いが織田家の手駒となっているに違いなかった。

兼和は、思索する桃十郎にかまわず話をつづけた。

「さしたる損耗もなく、〝鬼拾い〟の任に当たる明智殿は、幾度となく鬼を岐阜まで連れ帰っておられる。織田殿はこの力を利して、いずれ天下を獲る腹積もりであろう」

「他人事のような言いようだな」

「吉田神道は、朝廷こそ緊密だが、幕府を誰が牛耳ろうともかまわぬ。そもそも、織田殿は京の復興に大変な尽力ぶり。お飾りと化した足利将軍は腹の虫が暴れ回っておろうが、力ある者が幅を利かせるのが当世よ。織田殿がそれを為すなら、そうすればよい」

兼和の言葉はにべもなかった。

「しかして、京に出没した鬼は、ただの一匹。これは明智殿が捕獲して持ち帰った。ゆえに、当面の鬼の脅威は京から去った。先んじて隣国を巡り、京の鬼を後回しにしたのは、多分に、織田家の包囲網を構築せんとする足利将軍への意趣返しよ。されど、懸案の地が残る」

「懸案の地？」

話に聞き入っていた桃十郎が、おうむ返しに訊いた。

「浅井長政殿の版図、北近江」

「！」

桃十郎は、はっと息を呑んだ。よりによって、北近江とは。

「叡山からは琵琶湖を挟んだ対岸。そこまで鬼が広がるとはにわかには断じられぬが、ことはそれほど単純ではないでな」

兼和の口調が思わせぶりになった。前のめりになり、けれん味を帯びた仕草でつづけた。

「叡山に墜ちた光の玉はひとつではなかった」

「それが、北近江にも墜ちたか」

「ご明察」

兼和は浅く顎を引き、薄く笑った。

「かねてより織田殿と対立関係にある浅井殿の所領は、織田家配下が軽々に踏み入ることはできぬ。しかも〝鬼拾い〟を任されるのが、かつて朝倉家に大恩ある明智光秀殿とあっては、浅井殿も黙っていない。まして、領内で鬼が跳梁《ちょうりょう》するとても、織田殿の手前、浅井殿は弱みは見せずに秘匿しような」

兼和がいま一度、桃十郎の眼《まなこ》を見据えて言った。

「さて、国主無、桜井桃十郎としては、どう動く?」

兼和の問いに、しかし桃十郎は意外な言葉を返した。

「吉田殿、勘違いされては困る」

桃十郎の鋭い眼差しが兼和を射貫いた。

「世の安寧を保つは、朝廷と幕府のお役目であろう。一介の国主無が口を挟む話ではない。ましてや俺は、帝のご用聞きとはならぬ。ご承知のはず」

「それは、かまわぬ。桜井殿は桜井殿の筋をとおせばよい」

食い下がることなく、桃十郎の言葉を認めた。

「しかれども、鬼は捨て置けぬ。本心では、桜井殿も鬼を斬りたくて剣が疼いているのであろう」

「…………」

桃十郎は返答に窮した。兼和の言葉は、みごとに桃十郎の本音を言い当てていた。

「縁《えにし》深き桜井家、その主君たる桜井与史郎を死に至らしめた鬼。その遺恨はいかばかりか。桜井殿が仕官の道を捨てて国主無の道を選びしも、いずれその鬼を討たんとする固い決意があればこそであろう。それとも、すべては兼和の見込み違いであったかな？」

「………」

腕を組んで黙り込んだ桃十郎に、兼和が声を掛けた。

「そこでひとつ、依頼があってな」

一拍置くように、兼和は手にしていた猪口の神酒をくいと飲み干した。

「民草を、鬼の脅威から守ってもらいたい」

「吉田殿、先刻に申し上げたとおり……」

「朝廷からの依頼ではない。世を憂う吉田神道九代当主が、信徒の安堵のために依頼するのじゃ」

桃十郎の声を遮り、兼和は一気に言葉を重ねた。

「桜井殿ならば、北近江への出入りは問題となるまい。そこで鬼と見《まみ》える公算は高い。いや、話は北近江に限らぬ。鬼が民草を喰らうその場に出会いしときは、救うてやるがよい。それが、わが吉田神道の願い。まずは一匹、その馘《くび》を持ち帰られよ。仮にそれが織田殿の御する鬼であったとて、われらには知る由《よし》もない」

「………」

最後の一言で本音を明かしたな。桃十郎はそう思った。

いずれにせよ、鬼は討つ。大筋では同意できるのだが、兼和の話にはなにか裏がある気がしてならない。

「そして、もうひとつ」

桃十郎の気を引くように、右手の人差し指を立てた。

「覚恕法親王《かくじょほうしんのう》様の消息を探ってもらいたい」

その名は、桃十郎も知っている。帝の弟君にして、延暦寺天台宗の座主。これまでの話の流れからいけば、昨年の九月に比叡山で鬼に喰われたはずだ。

「報せによれば、もとより織田殿が延暦寺を焼き討ちせんとして兵を寄せていた手前、寺域から落ち延びておられたとのこと。それを浅井殿が手引きしたというが、その後の消息は、ようとして知れぬ。ともすれば、延暦寺に墜ちた鬼にまつわるあれこれもご存知やもしれぬ」

「その用事は、ついでだな」

兼和の依頼に釘を刺すように、素っ気ない口調で桃十郎は脇に置いていた五蘊皆空を手に立ち上がった。

いつの間にか風の音がやんでいる。桃十郎は客間に面した縁側に進み、閉ざされていた雨戸の一枚を開いた。

吉田庵の中庭が、みごとな雪化粧に染まっていた。神酒で火照った頬に、冷気が心地いい。

「これこそが肝要となれば、朝廷の使い走りになる。ついでなら、気に留めておこう」

「ついでで、けっこう」兼和は、細かいことにはこだわらなかった。「鬼討伐、お引き受けくださるかな」

桃十郎は兼和に振り返った。中庭の雪景色を背に、五蘊皆空を腰に差した。

「高くつくぞ。忘れるな」

8

近江国は、東国や北国から京の都にいたる手前で街道筋が交わる位置にあり、物資や人材の中継地として栄えてきた要衝である。

桃十郎がたどり着いたのは、あと数日で暦が二月に変わろうという頃だった。堅城として知られる小谷城は、見上げた先、小谷山の峰に沿って曲輪《くるわ》を重ねている。なにも変わらない。懐かしい景色だ。

浅井長政の居宅である武家屋敷は小谷山の麓、南北に延びる二本の峰に挟まれて南に開けた清水谷にあった。

ここが北近江の政《まつりごと》を仕切る場所である。

桃十郎は、大小の雪だるまがずらりとならぶ武家屋敷の正門で、若い番兵に訪《おとな》いを告げて長政への取り次ぎを願った。しかし、番兵は露骨に不審の目を桃十郎にむけた。

当然である。見知らぬ武士が突然に現われて、当主への目通りを願うのだ。おいそれと聞き入れられる話ではない。

「だれじゃ?」

まだ幼い声が、桃十郎の背後からかかった。

振り返ると、被っている藁蓑を雪まみれにした七、八歳ほどに見える童《わらべ》がいた。そのうしろには、遊び相手をしていたらしい若い馬廻衆《うままわりしゅう》がひとり、疲労困憊ながらも番兵と同じく訝しげな表情を見せていた。

「某、桜井桃十郎という」

腰を屈め、童と同じ高さの目線で慣れない笑顔を浮かべた。

「さくらい……、野良田の人?」

思いがけない言葉が童の口から出てきた。それにやや遅れて、若い馬廻衆も、あっという顔になった。

「よく知っているな。此度は浅井長政様にお目通りいたしたく推参したが、屋敷に上がらせてもらえぬ」

年端もゆかぬ子供になにを期待したというわけではない。きょうのところは浅井屋敷を辞するつもりでいた。

ところが、予想外の展開になった。

「うん、わかった」

なにを納得したのか、童は蓑と藁沓《わらぐつ》を脱ぎ捨てると、屋敷の奥に駆け込んでいった。

「ま、萬福丸様《まんぷくまるさま》……！」

慌てたのは、番兵と若い馬廻衆である。番兵は忌々しげに桃十郎を一瞥すると、「待っておれ」と言い残して童のあとを追った。馬廻衆は態度を改め、「失礼仕る」と会釈を残して、同じように屋敷のなかに駆け込んでいった。

しばし待つと、しおれた菜っ葉のような表情の番兵が、年の頃六十にさしかかる家臣とともに戻ってきた。その顔に、桃十郎は見覚えがあった。

「おお、やはり、まさかのお客人じゃ！」

叫んだ途端に白髪の武将が好々爺のように破顔し、桃十郎は軽く会釈した。

「赤尾殿、ご無沙汰いたした」

赤尾清綱《きよつな》。長政が浅井家の家督を継ぐさいに尽力した、巷間にいう浅井三将のひとりだ。

清綱は番兵を叱り飛ばしてから非礼な対応を詫び、奉公人に水桶を持たせて桃十郎の旅支度を解かせた。

「あいにくお館様は評定の席にあり申してな、取り込み中ゆえ、ひとまずこちらへ」

清綱はそう言うと自ら案内に立ち、屋敷の廊下を進んだ。

「赤尾殿、いましがたの坊は……」

先導する清綱の背に声をかけた。

「萬福丸様にござる」上機嫌な声で、清綱は応じた。「お館様のご嫡男。おお、桜井殿は初めてお会いになられたか。利発な坊にあらせられますぞ」

まるで自分の孫を自慢するような口調である。

桃十郎は、渡り廊下の先、中庭に建てられた庵に案内された。華美な装飾の排された、侘び寂びを志向する茶室だ。まだ信長と昵懇《じっこん》だった折りに、信長の茶頭《さどう》のひとりである千利休の指南を得て造営されたという。雪に彩られた茶室というのも風流なものだ。

「こちらへ」

清綱が腰を屈め、茶室の躙口《にじりぐち》を開いてから横に退いた。

「腰の大小は、お預かりいたす」

茶室は身分の上下を問わない空間だ。侍を象徴する太刀の持ち込みは不作法とされる。桃十郎は素直に腰から大小を抜き、清綱に託した。

膝上までしかない躙口を抜けた。室内は三畳の広さがあり、使い込まれた茶器や湯具、煙草盆が片隅にならべられていた。

「しばしお待ちを」

躙口の外でそう言い残し、清綱は立ち去った。ひとり残された桃十郎は荷物を脇に置くと胡坐をかき、懐から煙管と火種の入った根付けを取りだして、葉を詰め火種を移した。

紫煙をくゆらせてほんの二、三口を呑んだとき、躙口のむこう、渡り廊下をどたどたと近づいてくる懐かしい足音があった。予想よりもだいぶ早い。どうやら、清綱の言う取り込み中の評定を中座してきたようだ。

勢いよく躙口の戸を開き、そこから桃十郎と同じ世代の男の顔がのぞいた。

「おお、まさしく桃十郎！」

浅井家三代当主、浅井長政である。

桃十郎は慌てて煙管の火を灰壺に落とし、姿勢をあらためようとしたが、それを長政が手で制した。

「よい！　他人行儀はよい！」

立膝に腰をかがめた姿勢で、長政はそのからだをなんとか躙口から抜けさせ、桃十郎の正面にどかっと腰を下ろした。喜色満面である。

「長政様、お久しゅうございまする」

制されて胡坐の姿勢のまま、桃十郎は長政に頭《こうべ》を下げた。

「おう、はや何年になるかの？」

戦国大名の威厳を感じさせないざっくばらんさで、長政は語りかけた。

「かれこれ十年の余になり申すか」

「そのあいだ、便りのひとつもよこさず、古き友をなんと心得るか」

半ばなじるような、半ばおもしろがるような長政の口調に、桃十郎はかしこまった。

「かたじけない」

「よい。健勝でなによりよ。相も変わらずの国主無の暮らしか？」

「ご高察の至り」

「だからそのかしこまった口上をやめよと言っておる。新九郎と桃の仲ぞ」

そう言われてすぐに態度が改まるようなら、桃十郎はこれまでに多くの友を得ていたに違いない。むしろ長政がここまで好いてくれる理由が、桃十郎には理解できなかった。

「では、新九郎、まずは新年のめでたき由」

無理矢理、くだけた語り口を装った。その不自然な口ぶりを、長政は愉快そうに笑った。

「それでどうした。やっと浅井家への仕官を受けてくれる気になったか」

「有り難きお言葉。されど、未熟者ゆえ、仕官はかないませぬ」

今度こそ姿勢を正し、桃十郎は両手を突いて頭を垂れた。長政の顔が潰れた紙風船のようになった。

「つまらぬのう」

「なれど、殿がご急時にはこの桃十郎、微力ながら必ずや馳せ参じましょう」

長政は桃十郎の言葉を聞いて笑いだした。

「桃、できぬ約束はするでない」

「平にご容赦あれ」

ようやく、ふたりで声を揃えて笑った。

しかし、その和んだ空気も長くはつづかなかった。長政の顔が鋭利な戦国武将のそれになり、短く溜め息をついた。

「桃も聞き及んでおろう。信長殿との諍い、そなたの加勢があれば、これほど心強いものはないのだがな」

「かねてより心労のご様子。いかばかりかと存じます」

長政は桃十郎の言葉を肯定するように、深く息を吐いた。

「どうにもな。縁故はあれども、容易に寝首を掻かれる相手ぞ。ゆめゆめ安堵はできぬ。よもや、織田殿よりの和睦《わぼく》の使者として参ったわけではあるまいな?」

　ふたたび長政の表情が厳しくなった。

「あいにく、その儀にはございませぬ」

　桃十郎は即座に否定した。

「ながら、僭越に一言《いちげん》を献ずれば、長政様のお立場なら、信長殿とことを構えずに済ますこともできましょう。信長殿もそれをお望みと聞き及びまする」

　そこまで言って、立ち入りすぎたと、桃十郎は思い直した。

「出過ぎたことを申しました。古き友人の戯れ言と思うて許されよ」

「よい。国主無となりし桃十郎の身の上、わしが知らんと思うてか。なればこそ、その言にも重みがあろうというもの。わしも考えぬわけではないのだ。だがわれら、どこまでも帝に仕える兵《つわもの》じゃ。勅命に反しては武士としての義が立たぬ」

　帝に忠義立てする長政に、若い日の桃十郎ならばむきになって反駁のひとつもしただろう。しかしいまは、それを顔に出さない程度の心得を身につけている。

「一方で、帝が織田殿にも与していることも承知じゃ。京の都はいま、織田殿の力なしには立ち行かぬ。つまり、われらの思うところに関わりなく、勝ったほうが帝の兵ということよ」

　達観した表情で、長政は肩をすくめた。

「なれど、わしが織田殿と袂《たもと》を別つは、他にも故あってのこと。先つ年の叡山への凄まじき仕打ち。義兄といえど捨て置けぬ」

比叡山の名が出て、桃十郎の表情がわずかに変化した。

それを、長政は見逃さなかった。

9

「ほう。此度は叡山に因んで参ったか」

「いかにも」

桃十郎は指摘を素直に認めた。

「誰の手として来た？　帝か？」

桃十郎は意識的に笑みを浮かべた。

「それを明かせば国主無の禁に触れ申す。ご承知のはず。されど、用向きはその限りにあらず」

意を察した長政が、真剣な表情で身を乗り出した。

「申せ。友として、あたうかぎりの力になろう」

側室を持たない愛妻家、子煩悩にして豪放磊落《ごうほうらいらく》なる武将。それが浅井長政である。多様な顔を持つが、裏表がない。これが、桃十郎が長政を友として認める最大の理由だった。「力になる」という言葉にも、嘘はない。

「いま、巷を賑わす鬼の騒ぎについてはお聞き及びか？」

桃十郎は、いよいよ本題に舵を切った。長政はすぐに反応を示した。

「おう。過ぐる日は、城内も城下も、その話題で持ち切りぞ。派手にやり合《お》うたようじゃな」

訳知り顔で、長政が頷いた。

「すでにご承知でしたか」

「そちから預かった五蘊皆空、見せてもらった。桜井桃十郎をして、天下の宝刀たる五蘊皆空に鎬《しのぎ》を削る相手とは、よほど難儀な物怪と見えるな」

「いかにも」

「十数年の昔に桃が見《まみ》えた鬼の眷族《けんぞく》か」

「まず間違いなく。しかして、本題はここより先にございます」

桃十郎は淡々と言葉を重ねた。

「京の騒動に先立つこと数ヶ月、空から琵琶湖に巨大な火の玉が降って下り申した。しかもあちこちに、その飛沫が舞ったとか」

「それを、此度の鬼の由来と見るか」

長政が桃十郎の意を察して声を発した。桃十郎は顎を引いて応えた。

「信長殿がその鬼を狩り、少なくとも十匹の鬼が、その手の内にあるとか」

桃十郎の意図するところを長政が汲むのを待つように、一拍置いた。

「地に墜ちた鬼の総数はつまびらかではございませぬが、長政様の御領にも火の粉は注がれておりましょう。なにかお心当たりがございますれば……」

「ふむ……」

長政がなにかを考え込むように両腕を組み、ついで天井を見上げた。

「あれこれを訊き探るつもりが、逆に探られてばかりよな」

「恐縮至極」

一転しておどけた口調になった長政に、桃十郎は不調法なまでに畏《かしこ》まって応じた。ふたたび、長政が真顔に戻った。

「して、この北近江一帯にも鬼が潜むと申すのだな」

「御意」

桃十郎は長政から目をそらさず、薄く頷いた。

「ん……」

長政は顎に手を添え、壁を見つめてなにかを考え込んだ。そして結論に達したのか、ふたたび桃十郎に視線を転じた。

「桃十郎、北近江の鬼にまつわるあれこれ、わしに預けよ。かりにも領内に不穏の儀あれば、それを治めるは領主たるわしの務めよ」

「畏《おそ》れながら……」

「わしの手に余ると申すか？」

「いえ、決してそのような……」

「なれば、この話はここまでじゃ。桃十郎、この一件、手出し無用ぞ。当面、領内への立ち入りも禁とする」

「長政様！」

「くどい！」

長政が一喝した。

「………」

桃十郎は、不承不承に座り直すしかなかった。その直後、からりと晴れた表情の長政が言葉を発した。

「とはいえ、これで所払いでは桃も立つ瀬がなかろう。手土産代わりに、ひとつ知らせおく。叡山の延暦寺におわした覚恕法親王な、難を逃れて長らえておいでじゃ」

図らずも、長政の口から覚恕法親王の名が出てきた。

「いずくに？」

「甲斐国《かいのくに》じゃ。難事に際してわしが算段し、御身を引き渡した」

「甲斐……」

天下布武を掲げて版図を拡大させる信長にも、強大すぎて手出しできずにいる相手がいた。そのひとりが、甲斐の虎と綽名される武田信玄なのだ。

しかも昨今では、足利将軍の檄が信玄のもとにも届き、反織田の姿勢をにわかに鮮明にしようとしている矢先だった。そこに覚恕法親王が身を寄せた。

「北近江の界隈で鬼討伐の仕事はないと心得てよい。なれど、鬼と因縁浅からぬとなれば、織田殿が、武田もろとも法親王様を狙うやもしれぬ。いまに思えば、御身をこの近江にお引き留めするが良策であった」

桃十郎の顔が苦《にが》りきった。本命の鬼にまつわる話から遠ざかり、吉田兼和を相手に「ついで」と念を押した覚恕法親王の話ばかりが具体的になっていく。

「そして、もうひとつ」

長政は話題を変えた。

「そちの五蘊皆空、わしが預かる。あの刃こぼれは見るに堪えんでな」

「しかし……」

桃十郎は返答に窮した。

五蘊皆空は、野良田合戦からの三年間を国主無として浅井家に雇われて過ごし、契約の満了とともに浅井家を辞すさいに、長政から餞別として与えられたものだ。近畿一帯でも名を知られる小谷の刀鍛冶職人、小汀《おばま》景光の手による逸品である。さすがの斬れ味は、国主無でも随一の剣豪で鳴る桜井桃十郎の名を支えつづけた。いまでは手にも馴染み、おいそれとは手放せない。

「なに、景光に鍛え直してもらうでな。生まれ変わろうぞ」

「小汀殿に、ですか……」

かの名匠に鍛え直してもらえるのは望外の話だったが、やはり桃十郎には抵抗があった。無様に刃こぼれした太刀を鍛えた当人に見せるのは、なんとも忍びない。

「ひと仕事を終えたら小谷まで戻って参れ。より斬れ味鋭い名刀に生まれ変わっていようぞ。それまでの間に合わせは、別に用意する」

この話題についても、一方的に桃十郎が押し切られる形になった。

「よい機会じゃ」

言いながら、長政が手を打った。

「景光をここへ。色不異空《しきふいくう》も、ここに」

「は」

渡り廊下に控えていた近習《きんじゅう》から短い返事があった。そのやり取りを耳にして、おもわず桃十郎が身を乗り出した。

「小汀殿が、こちらにおわすのですか？」

「客分としてな。この屋敷に留まってもらっておる。四月《よつき》になるかの」

長政が涼しい顔で応えた。

「ちょうどひと振り、磨ぎが済んだばかりのものがある。それを、桃に託す」

しばらくの間を置いて、渡り廊下を近づいてくる気配があった。

「小汀景光、ここに」

閉ざされた躙口のむこうから聞こえてきたのは、しわがれた老人の声であった。

「入れ」

長政が促すと、「失礼」と短い返事のあとに躙口の障子が開かれ、そこから小柄な老人が装飾の施された太刀を手に茶室に入ってきた。

景光は、白髪の混じった髷が丁寧に揃えられ、とても一介の刀匠とは見えない風格を放っていた。左頬から顎、首にかけて、まだ新しい火傷の痕が見える。それをしげしげと見つめては礼を失するとばかりに、桃十郎は畳に視線を落とした。

「五蘊皆空を鍛えた刀匠、小汀景光じゃ」

長政に紹介され、老人が畳に両手をついた。

「小汀景光にございまする。桜井桃十郎様、お噂はかねがね……」

刀匠のものとは思えない、火傷の痕ひとつない手に桃十郎はなじまぬ感覚を抱いたが、老人の丁寧な名乗りにあらためて姿勢を正し、頭を垂れた。

「某、桜井桃十郎と申す。貴殿の鍛えられし五蘊皆空に、幾度となく命を救われ申した」

「なにをおっしゃいますか。桜井様の剣術に刀が沿うたまでのことにございましょう。いままた、色不異空も桜井様のお力となりましょう」

「桃、受け取れ」

景光は新しいひと振りを差し出した。笑みを浮かべようとするが、焼けただれた顔は思うように動かず、微妙に引き攣っている。その双眸が桃十郎を見つめた瞬間、桃十郎はこめかみのあたりにぴりりと疼くような違和感を覚えた。

まるで胸の奥底まで見通すような、不快な〝気〟だ。

桃十郎は背筋がざわりと粟立《あわだ》つのを感じた。決して受け入れてはならないなにかを、この翁《おきな》は秘めている。長政はそれを承知しているのか。

その胸中を見透かすように、景光はあらためて笑みを浮かべた。

「どうやら桜井様は、わたくしの期待したとおりのお方にございますな」

景光の言葉に満足したように、長政が自分の膝をぽんと打った。

「ならばけっこう！　景光、五蘊皆空を存分に鍛え直してくれ！」

桃十郎の疑念をよそに、長政が本題を切りだした。

「慎んで、お受けいたしまする」

「この話、ここまでじゃ。桃、去《い》ね。いずれまた、互いに鬼退治を果たしてのちに見《まみ》えようぞ」

満面の笑みで長政はこの場を締め、手を打って大きく音を立てた。

こうなると、桃十郎にはどうにもならない。腹をくくって長政に託すよりなさそうだ。

すぐに、渡り廊下に控える近習が躙口を開いた。

「客人のお帰りだ。表まで見送るぞ」

景光への疑念は消えることはなかったが、長政の目も節穴ではない。五蘊皆空を鍛えた刀匠という以上のなんらかを見出して手元に置いているはずだ。いまはそれを信じるよりない。

その友への信頼がわずか一月《ひとつき》で崩れ去ることを、桃十郎はまだ知らなかった。

10

二月の陽はまだ短い。すでに日没から数刻が経ち、残雪でまだらに彩られた坂本のそこかしこに、篝火《かがりび》が焚かれていた。

付近は昨年九月に墜落してきた光球に焼き払われていたが、いまは坂本城普請の人夫の小屋が数百も建ちならび、そこそこに村の体裁を取り戻していた。そのなかで、光球が大地を抉ったガラス質の溝だけが、当時の傷跡そのままに残されている。

坂本城は、信長から許されて明智光秀の城として普請が進められた、惣構《そうがま》えが東西百二十間、南北二百間にいたる巨城だ。造成が終わった惣構え内の築城は、本丸からはじまるのが常道だが、特段の事情があって後にされていた。

その石垣から光秀が見上げる先に、比叡山延暦寺がある。根本中堂に突き立つ大光球はすでに稲光が失われ、金色《こんじき》を帯びた金属の地肌が剥き出しになっていた。

光秀の背後には、絡繰《からくり》奉行の葉村満天斎《まんてんさい》、光秀の腹心にして娘婿の明智左馬之助《さまのすけ》、そして人夫たちを束ねる棟梁らが指示を待って控えている。光秀たちの所在を示すように、御殿屋敷が完成した三の丸の石垣には、明智家の家紋である桔梗紋《ききょうもん》の幟旗《のぼりばた》が大量に掲げられていた。

まるで合戦の前のような物々しさだが、これから夜を徹して金属塊を比叡山の斜面から下ろし、坂本城の石垣内部に運び込もうとしていることを思えば、無理もなかった。同時に墜落していた小光球の残骸は、北の峰で発見されてすでに回収が済んでいる。しかし、今夜の作業はそれとは比べものにならない、坂本城普請における最大の難事業であった。

人夫たちおよそ千名が比叡山根本中堂の周辺に配され、金属塊を引き下ろすための準備が着々と進められていた。褐色の木綿で覆われた上から何重もの綱が巻かれ、その先端が四方八方にぴんと引かれていく。その様子を、光秀はやや心許なさそうな表情で見つめていた。

「満天斎、そちの計算はたしかなのであろうな？」

「もちろんでございます」

満天斎と呼ばれた中年の小男は、いかにも羽振りのよさそうな上等な着物をまとっているが、その風采はうだつの上がらない三流の職人に見えた。

「あの鬼の乗り物、重さはおよそ一万貫。千人からの男手があれば、楽に麓まで下ろせましょう」

揉み手で言うその態度は説得力に欠けた。しかし、お蘭の推挙で信長に抜擢された絡繰奉行だ。光秀でさえ、その采配に異を唱えることは許されていない。

まあ、よかろう。

光秀は心許なさを胸の奥に抱きながらも、それを口に出すのはやめた。

「皆の衆、手はずは滞りなくな」

背後に振り返った満天斎は、この場で待機している棟梁たちに高飛車な口調で声をかけてから、もう一度光秀にわざとらしい笑顔をむけた。

「斜面であの塊を支えるに、左右にそれぞれ人夫を四百。これを下方で左右それぞれ百の人夫が介添えいたします。ご心配めされますな」

「ん、任せた」

遙か前方の光景に視線を据えたまま、光秀は顎を引いた。

男どもの威勢のいい掛け声が、夜空に響いて伝わってきた。その都度、金属塊に結わえられた綱がぴんと張り、徐々に頭を傾けていく。

「そぉれっ、そぉれっ」

金属塊は思ったよりも早く、支えを失った。

綱に引かれるままに緩やかに角度を増したかと見えた瞬間、ずんと大地が鳴った。見かけよりも、地面に浅く突き刺さっていた。その足場があっけなく崩れて金属塊が一気に倒れ込んだ。光秀があっと思ったときには、山を揺らすほどの轟音とともに周囲の山林から盛大な土埃が舞い上がり、同時にいくつもの悲鳴が飛び交った。

麓にむかってずるりと進みはじめた。難を逃れていた人夫たちが必死の思いで結ばれた綱を引くが、踏み堪えることができない。

金属塊が、滑落した。

人夫たちを引きずったまま加速した。振り落とされた男たちが宙に跳ね上がった。覆っていた木綿が引きちぎれて舞い、巨大な土埃が勢いよく麓まで伸びていく。

坂本の平坦部に達したところでどんと跳ね上がり、文字どおり大地を揺らした。

金属塊はとまらない。平坦地に入ってじわじわと動きが鈍っていったが、それでもまっすぐに坂本城の石垣に迫る。

われ知らず、光秀は両脚で地面を力いっぱいに踏みしめた。

「父上！」

すぐ横にいた左馬之助が、避難を促した。しかし、いまさらどこに逃げても遅い。

石垣の中央に、木製の門扉があった。

そこに、勢いを減じながらも金属塊が迫った。

とまれ。

光秀が虚しく念じた。

音を立てて扉を砕き、ついに坂本城石垣の内部に滑り込んだ。このまま琵琶湖に面した石垣まで破られたら、普請中の坂本城そのものが崩落する。

そして。

光秀の念は、かろうじて天に届いた。

静かになった。

覚悟していた石垣を砕く音が、聞こえてこない。

金属塊がとまっていた。

およそ半分ほどが地下堂に頭を突っ込んだ位置で、静止していた。

最悪の事態を免れた。

このときになってようやく、光秀は深く長く息を吐きだした。

そこかしこで「事故だ!」「怪我人を、早く!」と怒号が飛び交っている。

「父上、お怪我は!?」

まだ動揺が鎮まらない左馬之助が、光秀に声をかけた。

「手間が省けたわ」

信長に倣って、光秀は豪胆な物言いをした。これくらいの空《から》元気を放たねば、光秀もいますぐ膝から力が抜けてしまいそうだった。

「やあ、これはこれは……」

いけしゃあしゃあと笑顔を浮かべるのは、ほかならない満天斎である。

「どうやら、計算よりも大分《だいぶん》に重かったようですな」

まさに他人事である。どれだけの犠牲者が出たのか、胸を痛める様子は微塵も感じられない。むしろ、こうなるとわかっていたのではないか、と勘繰りたくなるような態度だった。

「手前は、これより鬼の船の損傷を確認して参ります」

それだけ言うと、光秀の返事を待たずにその場から立ち去った。

「先が思いやられる」

おもわず、光秀の本音が漏れた。左馬之助は聞こえなかった素振りで背後に振り返った。集っていた棟梁たちは、顔面蒼白のまま凍りついている。

「夜が明ける前に運び込むのだぞ」厳しい口調で達した。「遅滞は許さぬ。そう伝えよ。扉の修繕も滞りなくな」

「は、ただちに！」

棟梁たちは、左馬之助の言葉にわれに返った。この場に留まっていれば、激しい叱責を受けることは目に見えている。蜘蛛の子を散らすようにその場を去った。

「父上」

左馬之助が光秀の耳元に顔を寄せ、声を潜めて耳打ちした。

「なんじゃ、左馬」

「お蘭の申す鬼のからくり、果たしてわれらに御せましょうや。しかも、かの小娘、面妖なる鬼の使い手。左馬之助、正直申し上げて心許《こころもと》のう存じます」

「訝しむは、お蘭か？　満天斎か？」

「──そのいずれも」

「なにを案じる？　すべてはお館様のご采配よ。われらはそれに付き従い、忠義を尽くすまで。いらぬ邪念は捨てよ」

そこで左馬之助は、意を決して問いを放った。

「父上、明智家の婿となりて終生の忠義を誓う身としてお訊き申す。本心にございますか？」

「これ以上、訊くでない」

光秀はぴしゃりと左馬之助の問いを一蹴《いっしゅう》した。その応えに、左馬之助は光秀の隠された本心を見た気がした。

鬼を信じるな。

光秀は、暗にそう言っている。

11

覚恕法親王が浅井長政の取り計らいで武田方に身柄を託され、武田配下のくゝノ一である歩き巫女に守られて近江国から越前国《えちぜんのくに》、飛騨国《ひだのくに》、信濃国《しなののくに》を経て甲斐国に入ったのは、元亀二年十月末のことである。齢五十に達する初老の身には酷な人目を忍ぶ山中の旅だったが、覚恕はこれといった弱音を吐くこともなく、難儀な道程を踏破した。その健脚ぶりにはむしろ、先導役の歩き巫女が舌を巻いた。

躑躅ヶ崎館《つつじがさきやかた》に到着したそのときは、館の主である甲斐国守護職、武田信玄が大手門まで出迎えて歓待した。帝の弟という覚恕の出自を鑑みれば、これでもささやかすぎる催しだ。

以来、覚恕は躑躅ヶ崎館に籠もった。

それから四月《よつき》が過ぎた元亀三年二月中旬、桜井桃十郎も甲斐入りを果たした。

兼和が覚恕法親王の行方を「ようとして知れぬ」と語ったのは、真実ではあるまい。しかも、示し合わせたかのように長政がその所在を明かし、北近江から所払いしてまで桃十郎を甲斐国にむかわせた。

兼和と長政はなにを画策するのか。その答えを、この地で見極める。

躑躅ヶ崎館の大手門から南に、大通りがまっすぐ伸びている。その沿道にある旅籠に宿を取った。そこから館の動きを見張ることができる。一介の国主無が覚恕法親王との面談を願い出ても、門前払いが落ちだ。いまは、好機を窺うしかない。

これは、我慢比べになる。桃十郎は、日の暮れた旅籠の二階の窓辺から大手門を見やった。

季節はずれの蛍が一匹、部屋のなかに迷い込んできた。

柔らかな日差しに照らされた躑躅ヶ崎館の御殿の縁側で、信玄と覚恕は檜造の碁盤を挟んでむかいあっていた。その脇には茶菓子が置かれ、麦湯が緩やかな湯気を立てている。桜はいつしか満開の時期を迎えていた。

深刻そうな信玄の眼差しが注がれるなか、覚恕の指が白い碁石をたおやかにつまみ、一目を碁盤に打った。

信玄が、む、と眉間に皺を寄せ、困ったような表情で頭を掻いた。永禄二年（一五五九）に三十九歳で出家剃髪して以来、信玄は髻を結っていない。しかしうしろ髪は残したままで、武士とも僧侶ともつかない風体である。

「待ったは聞く耳持ちませぬぞ」

庭先に視線を転じた覚恕が、静かに口を開いた。

「いや、そこをなんとか」

信玄は相変わらず厳しい表情のままだ。

「しようのない……」

覚恕が、いま打ったばかりの碁石をつまみ、無造作に別の場所に打った。信玄は、今度こそ絶望を表した顔になった。静かな顔で、覚恕は麦湯をすすった。

不意に、信玄が湿った咳をした。

「春とは名ばかり、まだまだ風は冷とうございます。ご無理をなさいますな」

覚恕は信玄の身を案じた。なにか不具合を抱えていることは、近くにいればわかる。

しかし信玄は、冗談めかした口調で応じた。

「なんの。某も甲斐の虎とその名を知られし男、これしきの病で臥《ふ》せっておられましょうか」

「往生際の悪さ、それでこその信玄公」

覚恕の茶化すような物言いに、信玄は苦笑した。

覚恕はふたたび麦湯をすすり、庭の景色に視線を転じた。

「静かにございますな。世の武将が戦に明け暮れている世とは思えぬ静謐《せいひつ》さ。寒々しささえ感じまする」

思いがけない覚恕の言葉に、信玄は眉をひそめた。

「これはまた、御坊のお言葉とも思えませぬな」

「拙僧も、まだまだ真の悟りには到っておりませぬ。解脱には刻《とき》を要しましょう」

泰然とした覚恕の口ぶりと対照的に、信玄の表情は曇った。

「あいにく、某には刻がござらぬ」

「さて？」

覚恕は、とぼけた。そこに信玄が言葉を重ねた。

「人の命とは儚《はかな》きもの。この病もその報せにございましょう」

「…………」

覚恕は、じっと信玄を見つめた。信玄は滔々《とうとう》とつづけた。

「仏道を志すも本懐を果たせず、武士《もののふ》としても道半ば。いまだ上洛も果たせずにおりまする。人生とは、かくも儚く歯痒きものにございますか」

甲斐の虎と恐れられた男の余命は、あと幾許もない。

しかしそれを誰に顕《あら》わすこともなく、信玄は痩せ我慢をつづけてきた。覚恕は、その信玄の心中を察した。

「されど、生あるかぎり抗う、と」

覚恕の言葉に、信玄はわが意を得たりとばかりに顎を引いた。

「なればこそ、儚き命もまた愉快。歳を重ねるにつけ、春とともに花開き散りゆく桜も、愛でようがあるというもの」

咲き誇る桜を示すように、信玄は右手をかざした。

「それが信玄殿の悟りにあらせられるか。儚きを是とする」

覚恕は麦湯をすすり、信玄の視線を追うように顔を上げた。

「法親王様、ひとつ、某にお力添えいただけませぬか」

おのずと、信玄の口ぶりは伺うようなそれになった。

「力添えとな?」

覚恕はのんびりと庭を眺めている。信玄は、堰《せき》を切ったように言葉を連ねた。

「某、在家出家し碧巌録《へきがんろく》を学びしも世俗を断ち切れず、残る三巻を拝しておりませぬ。今生のうちにこれを果たし、得度するが願い。法親王様のお口添えあれば……」

最後はすがるような口調になった。覚恕は慈愛の笑みを浮かべ、肩をすくめた。

「なんともはや、甲斐の虎に似合わぬ弱気な申され様。確たるお約束は、浪々の身の上の拙僧に余り申す。されど……」

「されど?」

「いずれ失地回復の折りには、尽力いたしましょう」

覚恕の言葉に、信玄は感極まった。

歳を取ると、涙もろくなっていけない。

12

わずかな燭台《しょくだい》の明かりに照らされる室内で、信長の男根がお蘭の女陰《ほと》を貫いていた。

お蘭のそれは、十二歳の娘のものとは思えない自在な絞まり具合で、信長の逸物《いちもつ》を根元から咥え込んでいる。

はじめは、まったく意味のない行為であった。ただ信長の好きにさせ、それを観察するだけのことだった。だがやがて、突き上げられる悦びを、わずかだが理解するようになった。奪った少女の馘がそうさせたのだろうか。

——ラムノヴァ、なにを考えている。

唐突に、お蘭の頭のなかに別の声が語りかけた。遙か遠方から、意識だけが伝わってくる。

——このところ、信長を相手に、なにをしている？

——これが、人間の繁殖行為だ。われらとは、根本的に異なっている。

子《ね》の刻をすぎた金華山山頂、岐阜城天守だ。

比叡山延暦寺で信長と見《まみ》えたその場で、ラムノヴァは膝を突いて庇護を求め、臣従を誓った。信長はそれを容《い》れ、岐阜城天守を彼女の寝所《しんじょ》にあてがっている。鬼も、天守の地下室に置いた。

かりそめの名は、馘を奪った少女の記憶のなかにあった「お蘭」をそのまま使った。

「お館様……」

　四つ這いで突き出された小振りな尻に腰を打ちつける信長に、お蘭が上体を左にひねって切なげな表情を見せた。上体が大きくそり返り、まだ熟れきっていない幼い乳房が、硬く揺れた。

――ラムノヴァ、戯れもたいがいにしろ。未開の種族に隷属するとは、理解しがたい。わしの葉村満天斎という名も、どうにも品性に欠ける。

――マラクトーリャ、首尾はどうだ？

　お蘭は問いかけには応えず、満天斎に報告を求めた。その一方的な態度に満天斎の意識は鼻白んだ様子を見せたが、すぐに気を取り直した。お蘭の冷ややかな態度は、いまにはじまったことではない。

――母船は、麓の砦に回収された。かなり深刻な損傷を受けていると覚悟したほうがいい。

――任せる。わたしは手元の十五体で、ベルーゴファとタナンを始末する。

――それでいいのだな？

――まだ勝手のわからぬ地ゆえ、当面は信長に取り入っておけばよい。

――無粋な話だ。

　せせら笑うような満天斎の意識に、お蘭は苛立った。

――きさまがヴァーシラーを覚醒させないから、選択肢が限られるのだ。

――俺の仕事は、こなしてみせる。

――口先だけでなければよいのだがな。

――…………。

そこで、意識の会話は中断された。

「ん……」

信長に口を吸われ、強引に舌を突き入れられた。

いよいよ信長の腰の動きが激しくなった。

お蘭が悶えた。

そして、同時に絶頂に達した。

信長はたっぷりと精を放った。お蘭の膣はそれを受けとめきれず、白濁した液がどっと外に溢れた。

「お館様……」

いまだ全身の震えがおさまらないお蘭が、信長にからだを寄せた。

信長はいつものように、お蘭から離れて横に腰を下ろした。

まぐわうようになり半年。信長が娘ひとりに入れ込むのは珍しいが、まだお蘭には信長を虜にしたという確信がない。底の知れない男である。

褥《しとね》の脇についた信長の手が、なにかに触れた。

「ん？」

視線を下に落とした。

「ほう、地図とな」

岐阜城のある美濃国から京までの上洛路を探るにうってつけな、広範が描かれた畳一枚ほどの大きさの地図が、無造作に置かれていた。封緘紙《ふうかんし》が巻かれていたものが、ふたりの激しいまぐわいのさなかに、触れて広がってしまったらしい。

「鬼使いの娘が、地図など眺めてなんとする？」

この地図は、数日前にお蘭の戯れに応じて信長が与えた。そのときは深くを問わなかったが、いまに思えば妙なものを欲したものである。

「ここが、光秀様が城を築いておられる坂本……」

上体を起こしたお蘭の白い指が、地図の上を艶めかしく這った。

「ここが、われらが降り立った比叡山……」

お蘭の指が比叡山で一度とまり、また動いた。

「お館様、ここに城を築きなされませ」

次に指がとまったのは、琵琶湖の東湖畔に臨む小山だった。

「ほう、安土とな」

信長はお蘭の真意を測りかねた。

「もろもろ、案配がようございます。この地下には巨大な奇石の鉱脈が眠り、われらの技を惜しみなく注いだ荘厳無比な城が生まれ出でましょう。お館様の御名を後世にまで布武するためにも、あたうかぎりの腕の立つ人夫を集めなされませ」

この妖艶な口ぶりはなかなかに心得たもので、信長はその毒を承知で楽しんでいる。

「いつから山師となったか」

「いずれ、お館様の尖兵として働くわれらも、ここ岐阜城は手狭となりましょう。湖に面した立地は人目を憚《はばか》るにも案配がよろしいかと」

「で、あるか……」

意外とお蘭の指摘は的を射ている。ただの戯れには思えなかった。

天守の屋外で、唐突に強いつむじ風が吹きつけた。その風が天守内部まで吹き込み、ひんやりと信長の頬を撫でる。燭台の上の菜種油の灯が、意味ありげに揺らめいた。

「して、本懐はいずくぞ？」

信長の声が一段低くなった。お蘭はほほと笑った。

「ご心配召されますな。われらは信長様におすがりする身。ご報恩は当然のことでございましょう。さすれば、われらの力のほどもご承知下さいまし」

「奥歯に物の挟まった言い様よ。よい。うぬらの技量、見極めてくれよう」

信長は愉快そうに自分の顎をさすった。

「されど、わしはそれほど気が長《なご》うない」

「なれば、まずは鬼の力量をご覧じられまするか」

お蘭が視線を転じ、信長をまっすぐに見つめた。

「どこがようございましょう……」

ふたたび地図に視線を転じた。そしてある場所に注意がむき、お蘭は嬉しそうに目を細めた。恰好の標的が、そこにあった。

「これはいかがでございましょうや？」

地図の上端のさらにむこう、板張りの床を指さした。

「？」

「お邪魔にございましょう？」

その一言で、お蘭が指さした床の意味がわかった。地図で示されるより遙か東、甲斐国がそこにある。ただの思いつきではあるまい。

「武田を討つというか、うぬが……」

信長の頬がわずかに緩んだ。これはとんだ座興になる。
お蘭は信長を見つめたまま笑みを浮かべた。
両の口許が、刃物で切ったように鋭くつり上がった。

第二章　甲斐の殺戮

1

とっぷりと日の暮れた子の刻、二体の鬼兵《きへい》が両手両脚をついて山林の獣道を疾走していた。お蘭を背にして先頭を走る鬼兵は、隻眼だった。京の都で桜井桃十郎に顔面を斬られた、あの鬼だ。右眼だけが緑の光を放っており、後続のもう一体は、瞳が紅《あか》い。二体とも、腰に樹脂製の帯を巻き、金属棒を固定していた。

鬼兵とは、よくも言ったものよ。揺れる背の上で、お蘭の顔が愉快そうに歪んだ。

お蘭の配下のヴァーシラー——鬼を、信長は自らの兵として用いるべく「鬼兵」と呼んだ。その名を、お蘭は受け入れた。いまはそれでいい。

二体の鬼兵は、甲斐国にむかって疾風のごとくひた走っていた。闇夜の山中は視界がないに等しかったが、鬼兵は夜目が利いた。その巨躯からは想像のつかない器用さで倒木や下生えを越え、軽快に獣道を進んだ。

飛騨国をかすめて信濃国に入ると、図らずも覚如法親王と歩き巫女が甲斐国めざしてたどった道筋に合流した。

山中の獣道に、点々と光が舞っていた。鬼兵の背に貼りついていたお蘭の右腕が真横に素早く伸び、それを掴んだ。

生物ではない。微小な装置だ。何者かが意図的に撒《ま》いたものである。

心当たりがあった。

おもしろい。お蘭の顔が、いびつな表情を貼りつけた。

「ベルーゴファ、われを知ったか」


桃十郎が甲斐国で旅籠に投宿して、十日余りが過ぎた。

覚如法親王はまったく動きを見せなかった。接触する機会を得るそのときを、桃十郎はひたすら待ちつづけている。くノ一の凪《なぎ》だったら、とっくに館に忍び込んでいたかもしれない。あれは好奇心が強過ぎるきらいがある。

散策がてらに近くの剣道場で木刀を振るい、自称腕自慢の剣士を何人か、軽く叩きのめしたこともあった。

色不異空《しきふいくう》の修練も欠かすことができない。五蘊皆空《ごうんかいくう》に劣らぬ名刀だが、わずかに刀身の反りが強い。柄を握ったときの手応えにも違和感がある。道場の中庭で素振りを繰り返し、太刀の長さ、重さ、反り具合をからだに覚え込ませた。

手入れは、深夜に旅籠で行なうのが日課になった。

夜明けが近い卯《う》の刻、桃十郎は行灯の明かりを頼りに、色不異空の抜き身に打粉を軽く叩いていた。五蘊皆空も色不異空も、般若心経に因んだ名だ。いずれも、形あるものは空《くう》で意味を持たないと語る一節で、人を殺めるために存在する太刀の名としては、なんとも皮肉めいている。

「小汀景光、喰えぬ翁だ」

桃十郎の思索は、唐突に打ち切られた。

にわかに躑躅ヶ崎館《つつじがさきやかた》が騒がしくなった。障子戸を開けて表通りの様子を窺うと、土塀のむこうでいくつもの篝火が焚かれ、大手門から武田家の足軽たちが松明を手に慌ただしく出入りする様子が見て取れた。

そして、もうひとつの気配。

「遠慮するな。入ってこい」

窓の外に視線を据えたまま、桃十郎は背後の襖戸に声を放った。そのひんやりとした言葉にたじろぐような気配が、戸のむこうの廊下から伝わってきた。

音もなく、襖戸が開かれた。

そこに膝をつく少女がいた。この宿の仲居である。たしか、桃十郎が滞在して数日後から、奉公に来ていた。名はおはな。歳は十五と聞いている。

おはなは気配を読まれたことによほど驚いたのか、表情が硬かった。

「法親王様が、お召しにございます」

「ほう。かような刻限にか」

おはなと対照的に、桃十郎は苦笑した。

「待たせたかと思えば、急なお召しよ」

打ち粉にまみれた刀身を素早く油紙で拭うと、鞘に収めた。身支度は、それだけで終わりだ。

「案内《あない》せい」

「こちらへ」

おはな——歩き巫女が立ち上がった。

桃十郎は、ぼんやりと光を放つ提灯を片手に、先導するおはなにつづいた。空は白みはじめているが、日の出まではまだ半刻ほどある。

旅籠を出て、殺気立った気配の躑躅ヶ崎館の東をぐるりと回り、背後にそびえる要害山の麓から登る細い山道を進んだ。後詰めの城にいたる道だ。左右から満開の桜並木が枝を伸ばして天蓋をなしており、さらに季節外れの蛍が淡い光を放って彩っている。

しばらく進むと、開けた場所に出た。下草が刈り取られて地肌が剥き出しになり、左手に小さな鳥居と社が構えられている。

その鳥居の手前に、ふたつの人影があった。

高僧と、つき従う歩き巫女。あれが覚恕法親王なのだろう。まっすぐにこちらを見つめている。

周囲は、その威光に吸い寄せられるように、ひときわ蛍の数が多い。提灯の明かりに頼らずとも、その顔が薄緑の光に照らされて浮かび上がって見える。

ぴりりと、こめかみが疼いた。

桃十郎は躊躇《ためら》わず歩を進めた。法親王との距離を五間ほどまで詰めたところで、唐突に覚恕が頭上の桜に目をやり、口を開いた。

「わからぬのじゃ」

「………？」

「拙僧には、この桜の雅《みやび》、風流というものが理解できぬ」

目の前の高僧がいきなり語りはじめた。つられてその視線を追い、頭上に咲き誇る桜の花を吟味した。真意が読めない。その戸惑いを知ってか知らずか、覚恕は言葉をつづけた。

「この地に到りて、同族が相戦う姿にわれらを重ねしも、一方でこのようにうたかたの雅、風流を愛でる。なにゆえぞ？」

「儚きゆえ」

桃十郎は、試されていると感じた。覚恕の顔が苦笑するように歪んだ。

「信玄公と同じ物言いよ。それが侍というものかの」

なにかを納得するように、うんうんと頷いた。桃十郎の頭痛が、徐々に強まっていく。

「覚恕法親王様とお見受けいたす。某、国主無《くしゅな》は……」

桃十郎の名乗りを、覚恕が手をかざして遮った。

「桜井桃十郎。京の都で鬼と見《まみ》え、その刃を突き立てたる希有なる武士《もののふ》。その噂は、はるばるこの甲斐国まで伝え聞こえておる」

「されば、此度のお呼び立ての儀、ご用向きを伺いとうござる」

「そもそもは、そちが拙僧に話があるのであろう？　かねてより拙僧を見張りて旅籠に籠もること、十日以上になりなんとすか」

「なればこそ、このような刻限、このような場にてお目通りの儀、少々意表を突かれ申した」

「なに、他聞を憚るゆえな」

覚恕はなにかをふくむ笑みを浮かべた。

その瞬間、桃十郎はえもいわれぬ悪寒を感じた。天台宗座主の地位にある高僧だから、というだけでは説明のつかないなにか。京で桃十郎のからだを縛った〝気〟だ。いや、小谷で見《まみ》えた小汀景光の〝気〟に近いか。

腰に差した色不異空に添える桃十郎の左手に、わずかに力がこもった。その気配を察し、ふたりの歩き巫女が覚恕の前にならんで壁を作った。腰を低く落とし、懐の短刀をいつでも抜ける姿勢になっている。

その剣呑な空気を破るように、覚恕がほほと笑った。

「構えずともよい。そちを獲って喰らうでなし、そちも拙僧を斬りはすまい」

覚恕は軽く手を振って歩き巫女を制した。ふたりの少女はその指示に従ったが、桃十郎は簡単に警戒を解くわけにはいかない。

おもむろに、覚恕が問いを発した。

「鬼と見《まみ》え、なにを悟りしか」

「某は禅問答をしにここに罷《まか》り越したわけでは……」

「申せ。なにを悟りしや」

「われ、世に仇なす鬼を討つのみ」

覚恕はふたたび苦笑を浮かべ、首を振った。

「見えておらぬな」

「…………？」

「そちには見えておらん。察するに、京にて暴れし鬼のほかに、人の姿を借りた鬼とも見《まみ》えておろうに、開眼せずこの場に達したか。うたかたの桜と散る所存か？」

人の姿を借りた鬼。

なにかの比喩か。それとも口にしたままか。その解釈次第で、発すべき言葉は大きく変わる。

「比叡山に落ち火の玉と鬼、さらには信長殿の寄せ手から逃れて甲斐国に到りし由、秘めたるものがございましょう。その眼《まなこ》に焼きつけし景色もございましょう。ぜひ、お聞きしとうございます」

「闇雲に鬼にむかうばかりが能とは言わんということよ。そのときその場において討つべき鬼を、しかと見極めよ。それができぬでもあるまい」

覚如は、意図的に遠回しな表現に徹していた。

明らかになにかを知っている。そう確信した。

2

「人外の鬼に是非を求めよと申されますか？」桃十郎は、探るように言葉を紡いだ。「鬼に是非がありましょうや？」

桃十郎の姿勢に落胆した覚恕は、芝居がかったしぐさで溜め息をついた。

「そち、なかなかに剣の使い手らしいが、いかんな、その意固地ぶりをなんとかせい。存外につまらぬ男よ」

「不徳の到りはお詫び申す。されど、比叡山にて見《まみ》えし鬼に言を濁すお態度、なにを御覧じられたか？」

桃十郎は鬼の手がかりを求めてこの地まで来た。それを間近で目撃し、肌で感じたはずの男がいる。おのずと、その答えを求めた。しかし、覚恕は話をはぐらかしてばかりだ。

「忌むべきものを見たといえば、見た。されど、古くより知悉すともいえようか。言うに及ばず。語るに落ちてはいい物笑いよな」

「これはまた、法親王様のお言葉とも思えませぬ。なにをして語るに落ちるなどと……」

覚恕は桃十郎の言葉を遮るように笑いだした。ただ笑うのではない。その音色には、わずかに嘲りすら込められているように感じられた。

「なにを聞いておったか。すでに語るべきは尽くした。あとはぬしの器量次第よ」

「法親王様！」

おもわず一歩踏み出した桃十郎の目前で、覚恕の双眸が光を放ったかに見えた瞬間、強烈な〝気〟が爆発した。無数の蛍が、〝気〟の波に煽られるように宙に舞い上がった。

「ぬ……！」

桃十郎の口から呻きが漏れた。

まるで脳髄を素手でまさぐられているような、虫酸《むしず》の疾る〝気〟だ。膝から力が抜けそうになるのを、桃十郎はかろうじて堪《こら》えた。

そして。

――まだわからぬか。

いきなりだった。

覚恕の声が、桃十郎の意識へ直接に響いた。その堪え難い嫌悪感に、全身が総毛立ち、指先が細かく震えた。額に脂汗が浮かび、血管が太く浮き上がった。

――鬼とは、なんぞ?

ふたたび、巨大な意志の波が襲った。その強烈な打撃が桃十郎の全身を縛り、視線が定まらずに揺れた。視界の片隅で、覚恕がしたり顔の冷ややかな笑みを浮かべている。

剣呑な力。

斬れ!

桃十郎の奥底に宿る本能が、強く訴えた。しかし、その思いと裏腹に、からだは思うように動かない。

「き、きさま、鬼……」

必死の思いで声を絞りだした。もはや理屈ではない。覚恕は鬼。京の鬼とは異なる、人の姿を借りた鬼。

「やはりな」

覚恕が満足げに頷いた。口を動かし、声を発した。

「そち、われらが胸中を感じとるか。しかしそれが、諸刃の剣と化すも必定か」

「お……、の、れ……」

色不異空をつかんだ右手首が、まだ震えている。額の汗がとまらない。歩き巫女ふたりがいよいよ警戒して短刀を抜くが、それをふたたび覚恕が制した。

「つくづく頭の廻らぬ男よな。そちはわしを斬らんと言うたであろうが」

「某の言に……、あらず」

「そちに欠けるは、商人のごとき損得勘定と抜け目のなさ。愚直ぶりもたいがいにせい」

「鬼風情が、痴《し》れたことを……」

「世の趨勢《すうせい》を見極めるのじゃ。うぬが鬼を追うはなにゆえぞ。しかして、いま鬼と与《くみ》しは何者ぞ。この世に瘴気《しょうき》をおよぼすは誰《たれ》ぞ」

桃十郎の気迫にかまわず、覚恕は問いを畳みかけた。しかし、その意図が桃十郎にはまったく伝わっていない。

「覚恕法親王、鬼となりしか！　鬼が化けしか！」

広場全体を包むように、大量の蛍が光を放ちながら舞って渦を巻いた。

「どちらでもよいことよ。わしがぬしの追う鬼であるなら、鬼に与する信長に寄らず、武田に身を寄せるはなにゆえか。いや、身を寄せたるはただの成り行き。されど、そこに身を置きて伏せるは自らの意志。そして、その刻は満たずして尽きようとしておる」

「？」

桃十郎は覚恕の思いがけない言葉に眉をひそめた。

「鬼を利して帝をもひれ伏せさせんとする信長、それを包囲する武田、浅井朝倉の網がいま、ものの数刻ののちに破られんとしておる」

まだ色不異空の柄をつかんだまま覚恕を睨んでいる桃十郎は、わずかに注意がそれて長政を思い浮かべた。

その瞬間、覚恕の両眼がすうっと細まった。

――なにも聞いておらなんだか。

覚恕の思念が流れ込んできた。それがなにを意味するかを吟味する以前に、数々の顔形が、桃十郎の脳裏をよぎった。浅井長政、小汀景光、赤尾清綱、萬福丸、吉田兼和。さらに五年、十年の昔に知己《ちき》を得た者たちと、あの忌まわしい記憶。

その面影の数々が、覚恕に流れ込んでいく。いや、吸い上げられているのか。

錯覚ではなかった。

「おもしろい生い立ちよな。鬼にまつわるうぬの石頭ぶり、得心がいったわ」

したり顔の覚怨が、にっと笑った。

「しかも、すでにわれの思念に順応しておる。存分に働いてもらおうぞ」

「きさま……」桃十郎の双眸に険がこもった。「胸の内を読むか」

桃十郎の怒気をはらんだ視線を受け流し、覚怨はつづけた。

「信玄公が後詰めの城に籠る猶予はあるまい。陽が昇ってのち、躑躅ヶ崎館でおもしろいものが見られようぞ」

まさにそのときである。

要害山の麓、いましがた桃十郎がその前を通り過ぎた躑躅ヶ崎館から、いくつもの野太い声が重なって響き渡った。魂消る悲鳴、怒声、そして咆哮。

「ほう」

芝居がかった様子で、覚怨が声をあげた。

「思うより早く現われおった」

「この騒ぎ、きさまの手引きによりてか！」

桃十郎の〝気〟が、ごうと膨らんだ。

「これはこれは、すでに斬られたかのような鋭い殺気よ。なるほど、京でヴァーシラーが後れを取ったも合点のゆく。雪辱に燃えておろうな」

「ゔぁーし……、ら？」

「うぬらが鬼と呼ぶ、われらと種を異にする兵《つわもの》よ。この世の侍、もしくは足軽同心か」

桃十郎は、覚恕の言葉を頭のなかで反芻した。

「鬼の……、侍……」

つまり、鬼の世で戦の駒となる兵だ。兵がいれば、背後にはそれを操る者がいる。ということは、あのときの鬼の背後にも別の何者かがいたということなのか。いやな話を聞いた。

「わしが鬼か否かは是非にあらず。人の姿を借りたる鬼のなかから、ぬしの討つべき鬼を見極めたることこそ肝心と心得よ」

「もはや鬼に教えは請わん」

「請わずともよい。おのれの分をわきまえ、なすべきを遂げればよい。わしも人も、損得勘定で動くは同じ。利が重なれば戦うべきはひとつよ」

われら共闘せん。

覚恕は、それだけを訴えている。敵味方が曖昧模糊《あいまいもこ》としたこの状況で、桃十郎が戦うべき敵を示した。

到底、受け入れられる話ではない。

「わが名はベルーゴファ。覚え置け」

覚恕はその言葉を最後に、桃十郎を残して山を下る道へと歩きはじめた。

「待て！」

桃十郎が覚恕を追おうと一歩踏み出した瞬間。

頭上を舞う蛍の群が、音もなく桃十郎の眼前でひと塊になった。

光が爆発した。

「！」

薄闇に慣れていた桃十郎の視界が、暴力的な純白に包まれた。反射的に手をかざしたが、閉じた瞼をとおして棘のある光が容赦なく桃十郎の瞳を貫いた。

平衡感覚が失せ、天と地の境がわからなくなった。いつの間にか色不異空は桃十郎の手からこぼれ落ち、両手両膝を地面についてからだを支えていた。いまにも背中から地面に転がりそうだ。

激しい耳鳴りに混ざるように、遠くから覚恕の声が届いた。

「縁《えにし》あらば、また逢おうぞ」

いつの間にか、光はやんでいた。

もはや、覚恕の気配はない。

いいようにあしらわれた。

桃十郎は奥歯をぎりりと鳴らした。

3

一刻ほど前、覚恕法親王が唐突に目通りを願い、京で殺戮の限りを尽くした鬼が襲来すると告げた。にわかには信じられない話だが、信玄は屋敷の警備を固めるよう家臣に命じた。

急ぎ伝令の馬を四方に走らせて村々から男衆を集めたが、わずか一刻足らずでは三百ほどにしかならなかった。早朝から館に出仕《しゅっし》していたのは、筆頭家臣の山県昌景《やまがたまさかげ》のほかには老臣の飯富虎昌《おぶとらまさ》のみだったが、逆に三百を仕切るにはじゅうぶんだ。

もはや、北の要害山にある詰城《つめじろ》に移る余裕はない。鬼の襲来がいつ何時《なんどき》になるとも知れず、これから兵や備えを大挙して移動させるのは、かえって危険が大きい。女子供を避難させ、ここ躑躅ヶ崎館で迎え撃つと信玄は腹をくくった。

試作段階にあった兵器も投入するよう昌景に命じた。しかし、館内では機動力が封じられるため、武田家自慢の騎馬軍団は投入できなかった。

隻眼の鬼兵は、北から堀を飛び越えて土塀を登り、館の敷地内に侵入した。

左手に北門があり、外からの視界を遮るように、馬隠《うまかく》しが設えられている。その周囲は館の裏庭といえる場所で、ここを固めるように八尺の長槍を構えた足軽およそ三十の集団があり、さらに弓《ゆみ》足軽《あしがる》十人、抜刀した侍十人ほどがいた。その集団に、隻眼の鬼兵は横から襲いかかった。

ふおう。

咆哮し、手にしていた黒光りする金属棒を振り上げた。頭上にかざした瞬間、その金属棒が虹色の光を放った。

間近で虚を突かれた足軽たちは一斉に槍をむけたが、鬼兵が虹色の棒を一振りすると、触れた十本近くがなんの手応えもなく切断されて、槍先がぽろぽろと落ちた。

「鬼だ！」

ようやく、侍のひとりから声が上がった。屋敷内の味方に報せるように、大声を張り上げた。

「かかれ！」

侍の声に応えるように、足軽の集団が槍のむきを整えた。物怪の不意の襲撃に狼狽することもなく、まだ無事な槍を構える足軽二十人が、前に出て槍衾《やりぶすま》を作った。

隻眼の鬼兵は、ふたたび光棒を振るった。最前列にいた足軽七名の馘が消え、勢いよく鮮血が噴き出した。切断されたのではない。光に触れて馘が一瞬で消え失せた。

「うおっ！」

残された足軽たちが、さすがに驚きの声をあげた。

見たこともない威力の兵器と、それを使いこなす鬼。

しかし、退かない。

「鬼を討ち取って名を上げよ！」

勇猛をもって鳴る武田衆である。鬼の力が圧倒的だからといって、それで臆することはない。むしろ、士気が上がった。

「せいっ」

小柄な足軽が、鬼兵の腹に槍を突き立てた。

「呉平、一番槍っ！」

叫んだ瞬間に、呉平は鬼兵の払った左腕に吹き飛ばされた。あらぬ方向に首のねじ曲がったからだが宙を舞い、御裏方番所の壁に激突した。壁が破れ、木材が散った。

鬼兵はさらに近くにいた足軽の頭を鷲掴みにすると、まるで人形を弄《もてあそ》ぶように頭上で振り回し、足軽の集団に投げつけた。

足軽たちが将棋倒しになり、隊列が乱れた。その中央に鬼兵は躍り込んだ。

死を呼ぶ虹が、乱舞した。

お蘭は、悠然と大手門をくぐった。

門のすぐ奥には馬隠しを兼ねた木造の番所があり、その奥が練兵場を兼ねた広場になっていた。

四隅には幌をかぶせた大八車が二台ずつ置かれており、右手と正面奥左側の一部は木製の塀で区切られ、さらにむこうに空間が広がっている。

広場には百を超える足軽や侍たちがひしめいていた。裏庭、そして庭園からも足軽たちが鬼兵に屠られる狂乱の声が届くが、かれらは微動だにしない。本命の鬼は、この大手門から寄せる。そう信じて疑わなかった。あながち外れともいえないが、馬隠しの脇からお蘭が敷地内に姿を現わしたとき、陣頭指揮を預かる山県昌景は、さすがに拍子抜けした胸の内を隠すことができなかった。

お蘭は、眼前に弓隊と槍隊がならぶのを無視して、右手の木塀《きべい》で区切られたむこうをめざして歩いた。奥の御殿にたどる唯一の道だ。

「娘、ならぬ！　その先では鬼が暴れておる！」

山県昌景が、お蘭に一喝した。

「去《い》ね！　いまは騒動のさなか。禁足の触れは届いておろう！」

「よいのでございますよ、お武家様。鬼はこちらに参ります」

「なに？」

お蘭の返事に、昌景は虚を突かれた。

その少女の言葉を証明するように、鬼は来た。

巨大な影が宙を舞い、木塀とお蘭の頭上を軽々と飛び越えて広場に着地した。

隻眼の鬼兵だ。腹や背に数本の矢を浴びているが、まったく気にかける様子がない。

北門周辺でひとしきり暴れ、この広場にやってきた。

鬼兵は、その場にいた男たちの注意を一身に寄せた。

見上げる昌景の口から、おもわず声が漏れた。

「おお」

しかしその直後、昌景は眉間にしわを寄せた。

鬼を追って裏庭から追ってくる者の姿がない。別の鬼を相手にしているにしては、塀のむこうが静かすぎる。

まさか、四半刻も経たずに全滅したとでもいうのか。

そのまさかであった。

鬼兵が光棒を数振りしただけで、北門を固めていた五十人の侍と足軽は、物言わぬ肉塊と化していた。

法親王様のおっしゃりよう、やや控えめであったかな。

「鬼は一騎当千、ゆめゆめ侮られるな」と覚恕法親王は言った。しかし五十からの兵を一瞬で屠るなど、もはや一騎当千などという表現すら生ぬるい。

「皆の者、厳しい戦いになる。心してかかれ」

おう、と足軽衆は声を揃えた。誰ひとり、鬼を前にして戦意は喪失していない。昌景には、それが心強かった。

鬼兵がゆっくりと、昌景たち百名の集団に一歩を踏み出した。まったく警戒の素振りを見せていない。

明らかに、鬼は人間を舐めている。

北門で五十人の足軽や侍たちをたやすく打ち倒し、気が大きくなっている。

「隊列、右へ！」

昌景の声に合わせて、足軽たちはにじり足で右に移った。背後の庭園でもう一匹の鬼が暴れている気配が伝わってくるが、それをひとまず無視し、木塀を背にして弧を描くように移動をつづけた。その動きに興味を持ったらしく、昌景たちの行動を緑の隻眼が追っている。

広場の中央を挟んで鬼と正対する位置で、左右に弓足軽たちが広がった。全体で半円を描く形だ。鬼を相手に小振りな鶴翼《かくよく》の陣を組んだのである。

うまくいってくれ。いや、うまくいく。

昌景は何度も自分に言い聞かせ、手にする采配を振った。

「かかれ！」

左右に広がった弓足軽四十人が、一斉に矢を放った。

鬼兵が地面を蹴り、まっすぐに昌景のいる陣の中央にむかって駆けてきた。飛来する矢を雨あられと浴びても勢いの鈍る様子がないが、これは鬼の目眩しになればいい。

鬼兵が広場の中央に達したとき。

ぼこりと、その足元が抜けた。

幅四間、深さ五間の丸穴が掘られていた。その上に竹を縦横に渡して藁を敷き、薄く土をかぶせて蓋をした。穴の底には、先を尖らせた無数の木杭《くい》が上向きに固定されている。

落ちた。

鬼が。

咄嗟に両腕を前の縁《ふち》に突き出して地面をつかんだが、ずるりと滑って全身が穴に消えた。

「いまだ！」

昌景の号令と同時に、広場の四隅に置かれていた大八車の幌がまくられた。それぞれ二台ずつあるうちの一台には、油を染み込ませた藁が山積みにされている。それに、足軽が松明から火を移した。

藁の山が勢いよく燃え上がった。

「せいっ！」

足軽たちが息を合わせ、炎上する大八車を全力で押した。広場の四隅から一台ずつ、鬼兵の落ちた穴にのろのろと、次第に加速して直進する。見た目より重いのは、藁の下に大量の岩塊《いわくれ》が隠されているからだ。

鬼兵の様子を確認すらせず、燃え上がる藁と岩塊を穴の底に落とし込んだ。藁が鬼兵を焼き、岩塊が打つ。最後に火の移った大八車も穴のなかに落とし込んだ。

火炎が柱となって穴から吹き上がり、盛大に火の粉を散らした。

「やった……」

決死の思いで大八車を押し進めた足軽のひとりが、段取りがうまく運んだことに高揚した声をあげた。

「やったぞ！　鬼を退治したぞ‼」

その興奮は、一瞬で周囲に伝染した。足軽たちが両腕を突き上げて勝鬨《かちどき》をあげた。

思いがけない快勝ぶりに、昌景まで雄叫びをあげそうになったが、浮ついた自分に言い聞かせるように「まだおる！　皆の者、支度せい！」と叫んだ。

そのときである。

庭園と広場を隔てる木塀が粉砕され、紅眼《こうがん》の鬼兵が飛び込んできた。

間が悪かった。兵たちの配置が、ばらばらだ。罠に誘導する態勢が整っていない。

鬼兵の目の前で、左手に広がっていた弓足軽たちが両腕を振り上げたまま凍りついていた。

鬼兵が光棒を立てつづけに振るった。十四人いた弓足軽のうち十三の胸から上が、一瞬で消え失せた。

わずかにひとり残された足軽が、吹き出た血飛沫を顔面に浴び、叫んだ。

恐慌をきたした声だった。勝利の喜びが一瞬で絶望に取って代わり、大きすぎる感情の振れ幅に理性を失った。

野太い悲鳴は、勝鬨の声が広がったよりも圧倒的に速く伝播《でんぱ》した。うろたえ、まともに矢をつがえる者も槍を構える者もなく逃げ惑った。それを鬼兵が追い回し、光棒で肉体を抉っていく。昌景も、頭のなかが真っ白になって棒立ちになった。

一方的な殺戮がはじまった。

広場は、一体の鬼兵の独壇場になった。

そのとき。

大手門の馬隠しのむこうから、男がひとり、広場に駆け込んできた。派手な羽織に貼りついていた桜の花弁が一枚、はらりと舞った。

男は叫んだ。

「国主無、桜井桃十郎、助太刀いたす！」

4

隻眼の鬼兵に昌景たちの意識が集中しているあいだに、お蘭は木塀に設けられていた唐門から北門前の裏庭に抜けていた。隻眼の鬼兵が五十人を相手にささやかな立ち回りを演じた場所だ。周囲には足軽や侍の肉片が無数に散らばっており、大量の鮮血が染み込んだ地面は赤黒くぬかるんでいた。

視線を左に転じると、庵のように独立した御殿屋敷の戸口があった。

周囲に人の姿はない。

しかし、お蘭を注視している数多の押し殺した気配があった。罠を張り巡らせた屋敷内まで侵入者を誘い込むため、身を潜めているのだろう。

同時に、ベルーゴファの〝気〟が、露骨に御殿の奥から放たれている。

――小癪な。

お蘭は迷うことなく御殿屋敷をめざした。ぬかるんだ裏庭を進むと、履いている草履と足袋が血で赤く染まっていく。

戸口の敷居をまたいだ。

音もなく、御殿母屋につながる十間ほどの距離の、屋根の張られた渡り廊下を進んだ。

その中央に達したとき。

不意に渡り廊下の左右からお蘭を挟み込むように板が跳ね上がってきた。板面に無数の鏃《やじり》が生えており、獲物を両面から刺し貫く。

お蘭の動きのほうが早かった。すり抜けた背後で二枚の板が打ち合わさり、音を立てて砕けた。

そこに、剥き身の匕首《あいくち》を手にした農夫姿の男がひとり、唐突に姿を現わした。身のこなしは農夫のそれではない。

忍びだ。甲斐では、透破《すっぱ》という。

透破は、合わせ板をすり抜けて勢いがついているお蘭の喉笛に、匕首を突き出した。並の兵なら確実に仕留められる必殺の一撃だ。透破は、少女の姿に躊躇わない。

匕首は、空を切った。

お蘭は膝をかがめて、わずかにからだを左に倒していた。匕首を突き出した透破の右腕は、お蘭の右耳の横をすり抜けていた。

虹が疾った。

お蘭の手には、小振りな光刀が握られている。虹色の光を放つ刃は透破の右脇から左肩にかけてを、一瞬で消滅させた。透破は自分の死を意識する間もなく絶命した。

お蘭は切断面のすぐ下、透破の胸倉をつかんだ。

まともな予備動作もないまま、息絶えた透破のからだを前方に投げ込んだ。

骸は宙に弧を描いて、渡り廊下のむこう、御殿母屋の入り口にあたる大廊下の床にどすんと落ちた。次の瞬間には、衝撃に反応して大量の鋼鉄製の天蚕糸《てぐす》が床板から跳ね上がり、中空でぴんと張る。透破の死体が切り裂かれて無数の肉片と化した。まるで洗濯物を干すように、赤黒い塊が天蚕糸に絡まったままぶらぶらと宙に揺れ、血を滴らせた。

お蘭は、表情ひとつ変えずに光の刃で天蚕糸を切り払い、鮮血に染まった板張りの大廊下を横切った。右手に家臣の詰める衆番所と、信玄の寝所である常御座所がある。正面の漆喰の塗られた壁のむこうが、たぶん本主殿だろう。そこに、知った〝気〟がある。

——われを誘うか、ベルーゴファ。

わずかに逡巡《しゅんじゅん》した。

お蘭にとっての本命はベルーゴファだが、信長との約定は信玄の馘である。ここでベルーゴファとの勝負を急いで信玄を取り逃がしては具合が悪い。

そのとき、隻眼の鬼兵の思念が届いた。昌景の仕掛けた落とし穴に嵌まって身動きできずに炎に包まれ、怒り狂っている。

——なにを遊んでおるか。

お蘭は舌打ちした。人間どもの小賢しい細工に翻弄されてどうする。

その意識は、右手の衆番所からわらわらと飛びだしてきた透破たちによって中断された。

お蘭が動いた。

透破が現われた右手ではなく、正面の壁から左に進む廊下の先へ。

すぐに壁に行き当たり、今度は右に折れる。そこでお蘭は廊下を進まず、正面の漆喰の壁に光刀を突き立てた。

くるりと円を描いた。ぽっかりと開いた壁の穴を抜けたさきは、板張りの能の間である。

そこに、十人以上の侍が刀を手にひしめいていた。思わぬ場所からの出現に、侍たちは算を乱した。

「曲者《くせもの》！」

侍のひとりが叫んだ。しかし、もとより八畳間ほどの空間にこれだけの人数が密集していては、満足に刀を振るうこともできない。

お蘭の握っていた得物の放つ光が伸び、鞭となった。

それを二回転させた。それだけで、その場にいた侍たち全員のからだがばらばらになった。

透破三人が、開いた穴から能の間に入ってきた。さらに十人近くが、廊下から庭園に面した縁側へ回り込んできた。

穴から進んだ先頭の透破がお蘭に斬りかかった瞬間である。

縁側にいた透破のひとりが、躊躇せずに壁に吊るされた紐を引いた。

能の間の天井四隅の留め金が外れた。

天井が、一気に落ちた。乱舞する虹の光を覆い隠し、切り裂かれた侍の死体、穴から入り込んだ透破をまるごと押し潰して、屋敷内に轟音を響かせた。仲間の命を斟酌している余裕はない。

埃が舞い上がり見通しが利かない。縁側の透破たちは腰を落として目を細めた。

立ちこめる埃のむこうで、光の帯が舞った。

落ち崩れた天井の破片を飛び散らせ、虹色の筋が弧を描いた。無数の肉塊がずたずたに裂かれた縁側に転がった。

埃の幕を抜け、お蘭が現われた。光の鞭は、小太刀に戻った。

――手応えのない。

お蘭は足元の透破だった肉塊を冷ややかに見下ろし、その視線を周囲に転じた。庭園はすでに紅眼の鬼兵が存分に暴れ回り、無数の死体が転がっている。

骸を越えて縁側を先に進んだ。能の間に隣り合う位置に、障子戸で口を閉ざした大部屋がある。この屋敷で一番広い主殿だ。家臣団が列して評定が行なわれる場所である。

そこが、きょうの武田家の本陣。

ところどころが切り裂かれた障子戸のむこうから、恐怖と混乱が入り交じった無数の気配が伝わってきた。

ごく自然な挙措で、お蘭は障子戸を開いた。その奥に、刀を手にした八人の鎧武者がいた。信玄の馬廻衆である。いずれも顔面が蒼白だ。

その背後の上座で、甲冑に身を包んで床几に腰掛け頬を引き攣らせているのが、武田信玄。

「失礼いたしまする」

嘲笑うように、慇懃《いんぎん》な挨拶をした。

「武田信玄公は、いずこにおわすかえ？」

縁側から本殿へ、お蘭は足を踏み入れた。

「お誠頂戴に罷り越しました」

「娘……！」

先頭にいた鎧武者が、辛抱ならぬとばかりにお蘭に斬りかかった。刀を両手で頭上に大きく振りかぶり、一歩踏み込む勢いでお蘭の頭めがけて打ち込んだ。修練を詰んだ、腕に覚えのある男の一撃だ。

刃は、お蘭に届かなかった。

頭を砕く寸前、お蘭の左手が鎧武者の振り下ろした手首を掴んだ。

「！」

鎧武者は、わが目を疑った。少女が、渾身の一撃を片手で軽々と受けとめていた。

その直後。

すっと光が伸びた。股下から胸までを両断し、鎧武者は声もなく絶命した。

虹はさらに疾る。

透破の集団を屠ったのと同じように、長大な鞭と化して主殿で渦巻いた。

「………！」

床几に座していた信玄は、動くことができなかった。

一瞬で、目の前で壁を作っていた七人の鎧武者のからだがばらばらになった。視界が開け、虹色に光る得物を手に、怖気《おぞけ》を震わせる笑みを浮かべた小娘が、正面に立っている。

「小癪な技を使う物怪風情が……」

ゆらりと、信玄が立ち上がった。荒い息で、腰の太刀を抜いた。

「この信玄の馘、たやすく……」

お蘭は、信玄が言い切るのを待たなかった。

正面に突き出した光刀が、一瞬で細く長く伸びた。まっすぐに信玄の胸を貫くかに思われたが、光の筋は右肩のわずかに上にそれて、背後の床の間の壁に突き刺さった。おもわず信玄は息を呑んだものの、次の瞬間にはふたたび相手を見下すような表情を浮かべた。

「その程度か……」

直後。

お蘭が光刀を軽く左に振った。

光の筋が信玄の喉元を掻き消し、馘だけが宙に浮いた。音を立てて畳敷きの床に落ち、転がった。

お蘭は満足そうに目を細めた。

「ほんに他愛ない」

信玄の馘を拾い上げながらほほと笑みをこぼしたそのとき、唐突に声があった。

「まこと、そのとおり」

声は、お蘭が進んできた縁側から届いた。咄嗟にお蘭は中腰の姿勢で身構えた。

そこにいた。

覚恕法親王。

その左右には、ふたりの忍装束の少女がいる。歩き巫女だ。

――ベルーゴファ。

これまでにないお蘭の殺気が、ごうと渦を巻いた。

5

これも違う。

鬼兵にむかって駆けながら、桃十郎は軽い失意を感じた。永らく追い求めてきた鬼ではない。色不異空の鍔《つば》を左手で押さえながら、広場を疾走した。

紅眼の鬼兵は光棒を振るい、戦意を喪失して逃げ惑う足軽の胴の一部を掻き消した。

そういう武器だ。理屈はともかく、その働きを桃十郎は理解した。

思っていたよりも武田衆の被害が大きい。要害山から躑躅ヶ崎館に駆けつけるわずかの時間に、館内の半数以上の兵が屠られたようだ。

広場の中央で燃え盛っている火柱を回り込み、ひと塊になって逃げ惑う五人の足軽と、それを追い回す鬼兵のあいだに、割って入った。まだ色不異空は鞘に収まったままだ。桃十郎は腰を落として右手を柄に添え、いつでも居合の一撃を放つことができる姿勢で鬼兵に迫った。

それまで逃げるしかなかった人間がいきなり正面から挑んできて、鬼兵の調子が狂った。

桃十郎が斬り込んだ。

鬼兵の光棒は、右側に突き出されていた。腹を無防備に晒し、一瞬で間を詰めた桃十郎の動きに対応できない。

「ぬん！」

鬼兵の右脇から胸にかけてを、広く裂いた。赤黒い体液が噴きだした。

ふおっ。

驚愕の息を吐いた。

しかし。

桃十郎は舌打ちした。

わずかに打ち込みが浅かった。より深く間合いを詰め、即座に二の手を放たなければならない。

それより早く、鬼兵は背後に跳んだ。闘争本能の塊は、挑んでくる侍が危険な相手だと瞬時に判断した。

おお、と声があがった。これまで逃げ惑っていた足軽衆だ。唐突に現われた見慣れぬ侍の一太刀で、鬼が退いた。

形勢が逆転した。

間合いをとらせず、桃十郎は二撃を振るった。いずれも鬼兵の胸を斬ったが、そこかしこに足軽たちの骸が転がっていて足場が悪い。鬼兵はそれをかまわず踏み潰していくが、桃十郎はさすがにそうもいかず、どうしても浅い踏み込みで色不異空を振るわざるを得ない。

鬼兵も機を窺って光棒を振るうが、そのすべてが桃十郎を捉えずに空を切った。桃十郎の体術は、わずかな動きで光棒を完全に躱した。

いわゆる免許皆伝の域に達した剣士は、相手と刃を交えることがない。太刀筋を読んで、躱す。相手が太刀を振るった直後の隙を突いて、必殺の一撃を打ち込むのだ。並の剣士はすぐに刃《やいば》を交えて刃こぼれを起こすので、二、三人を斬った頃には得物が鋸《のこぎり》の刃のようにがたついて、なまくらになる。好敵手と競い合うことを「鎬《しのぎ》を削る」というが、これは未熟な剣士の無様な戦いを表したものでしかない。

桃十郎の技は、とうにその領域を越えている。相手に触れることで初めて効果を発揮する鬼の光棒は、まったく脅威とならない。

桃十郎はひたすらに鬼を追った。

唐突に、好機がきた。

追われて跳躍を繰り返す鬼兵が、足軽たちの血でぬかるんだ地面に脚を滑らせ、上半身が桃十郎に突き出された。咄嗟に左手を突いた鬼兵は、右手に握る光棒を右から左に払った。そこに色不異空が振り下ろされた。

右上腕が深く裂けた。かろうじて一部の筋肉と皮膚でつながっているが、鬼兵の右腕は力を失ってだらりと垂れ下がった。握っていた光棒がこぼれ落ちた。

ふおおおおう。

鬼兵が怒り狂った。紅い瞳が強烈な殺気で揺らめいた。

はじめにわれに返ったのは、山県昌景だった。

いまや、鬼の注意は乱入した剣豪ひとりに集中している。難事のすべてを託し指をくわえて傍観するのは恥だ。

「ものども、四隅に散れ！」

野太い声で号を発した。窮状から脱して理性を取り戻した足軽たちは、その命令の意味を理解した。

広場の武田衆は、わずかなあいだに百から四十まで数を減じていた。生き延びた足軽たちは手にしていた得物をその場に投げ捨て、それぞれ広場の四隅に全力で駆け、大八車に取りついた。

残されていた大八車には、弩《おおゆみ》が据えつけられていた。巨大な弓を横に寝かせ、その中央に矢を固定する台が据えつけられた形状の、中世に見られた武器だ。信玄が攻城用の兵器として改良を命じていた試作品である。矢のかわりに、捕鯨用の巨大な銛《もり》がつがえられている。

四基の弩が、鬼を求めて台車ごと角度を変えた。

北西の弩は火柱が邪魔をしたが、残る三基の弩はぴたりと鬼兵に狙いを定めた。

「伏せろ！」

昌景の声に、桃十郎は一瞬で反応した。

びゅんと風を切り裂く音とともに、広場の三方から巨大な銛が撃ち出された。

三本の銛が、鬼の首、胸、腹を貫いた。

銛の末尾には太い綱が結われており、弩の後部で巨大な転輪に巻かれている。足軽たちはかねてからの手はずどおり、木の杭で台車を地面に固定した。

一斉に転輪が回転し、鬼につながる綱がぴんと張った。

鬼兵の動きが封じられた。

そこに桃十郎が迫った。色不異空の刃が、鬼兵の首の下を深々と刺し貫いた。

ふお……。

手応えがあった。誰の目にも明らかだった。鬼兵の両脚から力が抜け、膝を突いた。

昌景の号で、広場の対角線上に当たる南西と北東の台車から、綱が引かれた。逆に南東の台車の綱は緩められた。

「中央に寄せい！」

三本の銛に刺し貫かれ、さらに桃十郎の一撃で明らかに力が失せている鬼兵は、広場中央の火柱が立ち上る落とし穴へと引き寄せられた。

その火炎のなか、鬼兵は残された力で皮膚を硬化させた。

炎に焼かれ、綱が切れた。

穴に落ちる。真下で燃え盛っている四台の大八車に激突した。すでにそのあらかたが炭化していた大八車は粉々に砕け、火の粉を巻き上げた。上向きに据えられていた無数の木杭も、派手に折れた。

それを待っていた者がいた。

隻眼の鬼兵だ。

穴の底で木杭に全身を貫かれ、完全に身動きを封じられていた。

紅眼の鬼兵が落ちてきて木杭が次々に折れ、手脚が自由になった。光棒は炎に焼かれて光を放たなくなっていたが、それでも人間相手なら武器になる。

絶命寸前の紅眼の鬼兵を高く投げ飛ばし、自分も跳躍した。火炎を引きずりながら、ぴたりと落とし穴の縁に着地した。

目の前に、桜井桃十郎がいた。

桃十郎の不覚であった。

桃十郎は投げ飛ばされた紅眼の鬼兵に注意がむいた。まだ生きていて、全身を炎に包まれながら落とし穴から脱した。そう思って頭上に視線が転じた。しかも、桃十郎は隻眼の鬼兵も落とし穴に落ちていたことを知らなかった。

手の届く距離である。

鬼兵は相手を見極めることもせず右腕を大きく振るった。

避けきれなかった。光の失せた光棒が、桃十郎の左脇腹に命中した。

みしりと、肋《あばら》が何本か砕ける感覚があった。鬼兵が光棒を振りきると、桃十郎のからだは軽々と宙に舞った。それでも色不異空を手放さなかったのは、剣士としての本能だった。

弧を描いて五間以上を飛ばされ、堀とを仕切る土塀に背中から激突して地面に落ちた。

「がふっ」

血の塊を吐いた。


「！」

いままさにベルーゴファに挑まんとしていたお蘭は、想定していなかった〝気〟の乱れを感じた。

紅眼の鬼兵が討たれ、断末魔の思念がお蘭の思考を乱した。まさかの事態だった。

——きさま、なにを仕組んだ！

——すべては人の謀《はかりごと》よ。

お蘭の怒気に、ベルーゴファ——覚恕のせせら笑うような思念がかぶさった。

——ラムノヴァ、ここは退いたらどうだ？

「ちいっ！」

お蘭は信玄の骸を抱えたまま、覚恕の目の前を素通りして庭園に飛びだした。左手の木塀に、紅眼の鬼兵が穿《うが》った大穴がある。そこから広場に入った。

くすぶって落とし穴から立ち上る黒煙とそれを取り囲む武田の足軽たち、黒焦げになって息絶えた紅眼の鬼兵、そして全身が煤けた隻眼の鬼兵に、死力を振り絞って太刀をかざしている侍がひとり。隻眼の鬼兵は、まさにその侍を食い殺そうとしていた。

——とまれ。

お蘭が念じると、鬼兵の動きがぴたりととまった。しかし、いますぐにもこの男を殺したいという抗議めいた意識が返ってきた。

お蘭は跳んだ。二十間の距離を、軽い三回の跳躍でふわりと渡りきった。鬼兵の右横に立って侍を見下ろすと、鬼兵が不満を表した理由がわかった。

——まさきさまか。

お蘭は、侍の顔に見覚えがあった。憎悪のこもった思念を送ると、侍の顔が歪んだ。うっすらと、苦悶の念が伝わってきた。もしや。

——京の都で、おまえの顔を見た。この鬼兵の左眼、潰してくれたな。

あえて声に出さなかった。

侍がお蘭を睨み返した。かなりの深手を負っているはずだが、それでもお蘭を射貫くような瞳には、闘志の焔《ほむら》が宿っている。

お蘭は周囲の気配を察した。まだこの場には、およそ四十の人間どもが無傷で残っている。紅眼の鬼兵を屠った連中だ。ここでもう一戦を楽しむのも悪くないが、ひとまずの目的を果たしたいま、残る鬼兵まで深手を負うのはうまくない話だ。

——きさま、名は？

お蘭の問いかけに、男の思念が反応したのがわかった。

「国主無……、桜井……、桃十郎……」

お蘭はわれ知らず、読み取った名を声に出して繰り返した。

侍はふたたび喀血した。

——やはりな。おのれも、われらが思考を読むか。おもしろい。

お蘭は、ふわりと鬼兵の背に飛び乗った。

——またの勝負だ。お蘭の名、覚え置け。

鬼兵が跳んだ。大手門の屋根に飛び乗り、そのむこうの渡橋《わたはし》に着地した。そのまま目抜き通りを駆けていく。

人里を離れ、鬼と少女は姿を消した。

この日、武田衆は二百近い死者を出した。庭園の池からは、覚恕法親王の馘と僧衣も発見されている。

しかし不思議なことに、そのからだはついに発見されなかった。

6

平次は、凪が予想したとおり女のからだに不慣れだった。仮設小屋のわずかに蝋燭一本が照らす薄暗がりのなかで、凪の白い肌と豊かな乳房があらわになると、息をするのも忘れて生唾を呑み込んだ。

坂本城への侵入は、想像した以上に簡単だった。月に一度、人夫たちの世話をしている飯炊き女の入れ替えがある。その新しい一団に、凪は紛れ込んだ。

飯炊き女の仕事は、文字どおり人夫たちの食事の世話だ。それに加え、洗濯などもこなす。手が空くと、仮設小屋の床に煎餅布団を敷いただけの場所で、人夫を相手に金を取って昼夜を問わず春をひさいだ。ときには非番の足軽たちがお忍びでやってくることもあった。

城内に侵入して以来、凪は飯炊き女に徹しながら、周囲を歩き回って地下堂への進入路を探り、ときにはわずかばかりの小遣いを稼いだ。

人夫たちは例外なく、凪の白い肌と珠のような乳房、ふくよかな尻に溺れた。それ以上に、くノ一である凪の床上手ぶりが、男たちに随喜《ずいき》の涙を流させた。障子戸の隙間からまぐわうさまを覗《のぞ》く者もいたが、そういうとき、凪はこれ見よがしな痴態を演じた。

噂は噂を呼ぶ。狙いどおりだ。何人もの足軽たちが凪を冷やかしに現われるようになった。そしてきのうから、頻繁に平次の顔も見かけるようになった。

凪は肩から着物を落として腰巻ひとつの姿になり、煎餅布団に仰向けになった。両脚を開くと腰巻がはだけ、奥から黒い茂みと女陰《ほと》がのぞく。

「さあ……」

平次を招くように、両腕を開いてかざした。それでわれに返った平次は、痩せたからだを凪の上に覆いかぶせた。

しばらくは、平次の好きにさせた。平次は乱れた息で乳房に顔を埋め、乳首をしゃぶり、肌の甘い柔らかさに酔った。その指先は加減を知らず、荒々しい。凪が吐息を漏らすと、平次の動きはさらに激しくなった。

潮時を見て、凪は平次の股間に手を伸ばした。

くすんだ色の褌《ふんどし》をほどくと、張った男根が飛び出してきた。普段の見た目と不釣り合いなほどの巨根である。太い血管が表面に浮き立ち、鍛えた二の腕のように硬い。

その男の印を、凪は自分の茂みに導いた。ほどよく潤った女陰を掻き分け、男根が膣の奥まで沈んだ。腰を振らずとも子宮が突き上げられているのがわかる。それはけっこうな話だが、若い男は総じて早漏だ。凪の用事が済む前に果てられたら意味がなくなる。

――腰を振った途端に終わらないように……。

凪は締めつける膣の力をやわらげた。刺激を弱め、わずかに時間を稼ぐのだ。逸物が立派なばかりに、膣を緩めるのに苦労した。

両腕を平次の首にまわし、ぎゅっと抱きしめた。ここでも加減を知らない平次は、激しく腰を振りはじめた。

凪は〝気〟を溜めた。

ほぼ同時に、平次の男根の張りも頂点に達しようとしていた。

――いまだ。

〝気〟を放った。

肌が触れていれば、そこから凪の〝気〟が平次のからだに流れ込んでいく。裸で抱き合う姿勢は具合がいい。とくに男が精を放つ寸前まで昂ぶっているとき、この術はもっとも効果を発揮する。

「あ……」

平次は背筋を反らせ、次の瞬間にはぐったりと凪に覆いかぶさった。秘部を貫いていた男根は、精を放つこともなく萎えた。しかし、あたかも絶頂を迎えたかのようにとろんとした眼をしている。

平次は、凪の術にかかった。

「教えてほしいことがある」

凪が、耳元で囁いた。

「なんだ?」

「地下堂に誰にも知られずに侵入できる抜け道を、知りたい」

凪は国主無のくノ一である。今年、二十歳《はたち》になった。

物心ついた頃すでに両親はなく、幼少から京の都で生き抜くために物盗りを繰り返してきた。その身軽さと彼女の〝特別な能力〟に目をつけた伊賀の忍が親代わりとなって、凪に術を教えた。その忍は、織田信長が足利義昭《よしあき》を奉じて永禄十一年(一五六八)に上洛したさいの動乱で、命を落とした。このとき凪の命を救ったのが、桜井桃十郎である。

その後、数年にわたって行動を共にしながら国主無のいろはを学び、やがて凪も国主無を名乗った。

二の丸は更地であった。

敷地の四隅に監視用の櫓が建てられているほか、ひと抱えもある筒状の構造物が、土塀沿いに等間隔で突き立てられているのが目につく。

筒からは、火傷しそうなほどの熱風が噴き出している。

それ以外、なにもない。

天守が築かれる天守台の造成さえ行なわれていない。

凪は影に溶け込んだまま、櫓の壁にそって進んだ。

北にむいて開いていた入り口から、音もなく、櫓のなかに進んだ。

内部の構造は単純だ。右手に階段が上の見張り台にむかって折り連なって伸びており、左手には、地下堂につながる階段の入り口が重い木板の扉で閉ざされている。

その扉を開くと、立ち昇ってくる熱気が凪の頬を撫でた。男たちの拍子を取る掛け声が響いてくる。

階段を下った。踊り場をいくつも越えるとようやく壁が途切れ、ぐるりと巡らされている回廊に出た。

無数の篝火に赤々と照らされる地下堂を一望する光景が、いきなり広がった。

――すごい。

おもわず、声を漏らしそうになった。熱気に炙られ額に汗が玉となって噴きだし、それが目に入るのを拭うのも忘れて、堂内の光景に見入った。

床から天井までの高さは、およそ二十間強。四方の壁はそれぞれ幅が百間はあるだろうか。石垣の内側に砂利や赤土が固く積まれ、無数の組木によって構築された広大な天井につながっている。四囲の壁以外に地下堂から天井を支える柱はなく、かなり絶妙な力加減が計算されているに違いない。機能美に満ちた壮大な眺めだ。

その中央に、それは置かれていた。

全長五十間ほどの巨大な金属塊。あれがきっと、空からやってきたという鬼の船。

その脇に置かれた巨大な装置から伸びる何本もの鉄の線が、金属塊の横腹に開いた破孔《はこう》から内部へ繋がれていた。ならべられた数十の卓には、見たこともないような金属製の細かな装置が置かれている。それを気忙しげにいじくり回している商人風の小男と、ひとりの若武者の姿が確認できた。

手前側には急造のたたら場が設えられており、溶鉱炉の脇でふいごの踏み板に足をかける、三十人近い人夫たちの姿があった。

鬼の姿はなかった。じつはここに鬼がひしめいている光景を期待していたのだが、幸か不幸か、それは叶わなかった。凪はまだ、本物の鬼を見たことがない。

叡山での織田方の動きを報せよ。そしてもうひとつ、機あらば光球の正体もつまびらかにされたし。吉田兼和からはそう託されていた。

凪は、余計な欲をかいた。抑えきれない好奇心が、冷静さを失わせた。

――見ておくか、船のなかも。

胸の内で呟き、影と化して回廊を疾った。

7

誰に咎められることもなく、回廊の反対側に達した。その直下に、船まで延びる渡橋がある。

背負っていた袋から、鉤縄を取りだした。尖端の鉤爪を欄干にかけ、縄を垂らす。それを両手と腰に絡めて、気配を封じたまますするすると滑り降りた。

渡橋まで降りた凪は、誰も船の上部に注意を払っていないことを確認しながら、そろそろと橋を渡った。

船の上に立ってみると、金色に輝く表面は磨いたようになめらかだ。慎重に数歩ずつ進み、手をついて船体を検め、また進む。

どこかに、入口はないか。

見る限り、窓もなければ扉もない。横腹に開いている破孔はともかくとして、巨大な構造物だというのに、継ぎ目すら見当たらない。

――鬼たちはどこから出入りしている？

いきなりその答えがやってきた。

凪の足元が音もなく唐突に消え失せ、大きな穴になった。

姿勢を崩し、船内に落ちた。

「！」

予想外の事態に、まったく反応できない。

暗闇のなかに背中から落ちる姿勢になり、なにかに激突した。衝撃で凪の胸が潰れ、むせた。

「はうっ」

床ではない。

船内に、無数の巨大な円柱が横に張られていた。そのうちの一本に凪が落ちた。

勢いを殺せないまま、さらに凪は滑り落ちた。

すぐに別の円柱にぶつかった。咄嗟に両手両脚を広げて円柱を抱え込み、しがみついた。

「つ……」

したたかに頭を打っていた。首を振り、意識を保つ。

頭上を仰ぎ見ると、開いていた進入口はすでに閉ざされていた。地下堂の篝火の明かりは入ってこない。しかし、しがみついた円柱の先に、明滅している小さな光がある。次第に目が慣れ、うっすらとまわりが見渡せるようになってきた。

妙な場所だ。

円形の空間が横倒しになっている。

その中央に直径十尺ほどの巨大な柱があり、それとは別に、天井と床を支えるように無数の柱が立てられていた。凪がしがみついているのは、この柱の一本である。

柱の表面で淡い光が明滅しているのが見えた。これが、船内を照らしていたのだ。

この船のからくりは、まだ生きている。

凪は、円柱の上に座り込んで息を整えると、背中の袋から蝋燭を出し、火をつけた。ほのかな朱色の光が、周囲を照らしだした。

「！」

息を呑んだ。心臓が跳ね上がった。いまにも喉が張り裂けんばかりに叫びだしそうになるのを必死に堪えてみせたのは、さすが国主無といっていい。

鬼がいた。

凪の目の前に。

正確には、凪が腰を下ろす柱のなかに。

柱は、水晶のような半透明の物質でできていた。中空になっており、そこに赤ん坊のように背を丸めて両脚を抱え込んだ姿勢の鬼が眠っていた。

この空間を埋め尽くしている柱のすべてが、鬼の寝床だ。数十匹はいる。もし別の部屋にも同じように鬼が眠っているとしたら、総勢は数百に達するだろうか。回廊から地下堂を見下ろしたときには、鬼の姿が見られないことを残念に思ったが、いまはそんな他愛ない考えを抱いたことを後悔した。

形容しがたい嫌悪感が凪の胸元を掻きむしり、じっとしていられなかった。

桃、助けて。

この鬼は、生理的に駄目だ。吐きそう。

ここにいてはいけない。

凪は立ち上がった。鬼が眠る柱と柱は、簡単に飛び移ることができる距離だ。

柱を次々と渡り、中央の巨大な黒い柱をめざした。これが他の部屋に移動する出入り口になっているはずだ。

どこかに扉を開くからくりがある。近くにある装置のいくつかに手を触れてみた。

ぶん。

音が鳴った。

柱の一部が、凪が船のなかに落ちたときと同じように、唐突に口を開いた。

迷わずに、その穴に飛び込んだ。

内部は、想像したとおり空洞になっていた。壁は湾曲している。

前方に差し込む光の筋が見えた。船体の破孔の外、地下堂から届いた明かりだろう。

凪は音もなく駆け寄り、壁の亀裂から首を突き出した。

はたして船体が大きく裂けている空間に出た。ここには鬼が眠る柱がない。足元まではおよそ五間。凪は柱の亀裂に鍵爪をかけ、縄につかまって降りた。

あともう少しで、足がつく。

そこで、凪の運は尽きた。

飛び込んでくる影があった。凪は縄から手を放し、残り一間に満たない高さを飛び降りた。

わずか四間の距離で、男と目が合った。

葉村満天斎。

地下堂の中央で機材の整理に没頭していた満天斎は、背後で唐突に船内の装置が起動する音を聞き、様子を見にやってきたのだった。

「ちっ」

凪は金属の床を蹴った。小太刀を抜き、距離を詰めて満天斎の喉元に突きつける。

咄嗟に左手の指先で満天斎の額に触れ、〝気〟を放った。平次にかけた技の応用だ。簡単な暗示なら、わざわざまぐわうこともない。

効かなかった。

「おもしろい技を使うな。われらのものと似ている」

凪の前で、不敵な笑みを浮かべた。単に術が効かなかったのではない。術を理解した。

「え？」

――これはどうだ？

〝気〟が炸裂した。

経験したことのない強烈な衝撃が、凪を打った。頭蓋のなかで、なにかが弾けた。

「はうっ！」

凪の背筋がびんと張った。白目を剥き、昏倒した。全身が激しく痙攣する。

「なにごとか！」

物音を聞きつけ、左馬之助が駆けてきた。女が床にうずくまって身悶えているのを認め、満天斎に説明を求めるように首を巡らせた。

「忍びの者にございますな」

涼しげな口調で、満天斎が応じた。

「折よく、脚を滑らせて気を失《うしの》うてございます。いやはや、命拾いいたしました」

白々しい説明になったが、いまの左馬之助に満天斎を詮索する余裕はなかった。

「見られたな」

よりによって、城内にくノ一の侵入を許したのだ。左馬之助の表情は険しい。

「この女、わしが預かる。よいな」

有無を言わさぬ口調で宣言した。

「誰の手の者か、探る必要がある。それまでは死なせぬ」

「ご随意に」

もとより興味のなさそうな口調で、満天斎は頭《こうべ》を垂れた。

この女、使えるやもしれぬ。当面は生かしておくというのは、好都合だ。

顔を伏せたまま、ほくそ笑んだ。

8

信長にしては珍しく、豪快に笑った。

金華山の麓で催された茶会である。茶頭を務める今井宗久《そうきゅう》は無表情に徹して茶を点《た》てているが、招かれた柴田勝家や明智光秀、丹羽長秀、木下藤吉郎ら家臣は、いつにない信長の喜びぶりに目が点になった。信長の脇に座していた正室の濃姫は、あやうく手にしていた茶器を落としそうになった。

「みごと、替え玉の首を仕留めて参ったか！」

信長の前には茶菓子の置かれた器があり、その器の横に、三方《さんぼう》に乗せられた生首があった。

甲斐守護職武田信玄晴信の馘である。

「お蘭よ、あの武田信玄が、かように生白い馘をしていようかのう？」

信長と信玄に面識はない。しかし信長は、この馘が信玄ではないと看破した。馘だけとなっても、名を馳せた戦国武将には相応の風格と覇気があるものだ。

それは、すぐに証明された。信長の馬廻衆に、過去に甲斐国で信玄に仕えた草鹿義郎という男がいた。信長が呼び出して質すと、義郎は即座に首を振った。

「この者は、樋口嘉兵衛。武田信玄公の影武者を務める者にございます」

その言質に、信長はふたたび愉快そうな笑い声を立てた。

「それで、鬼兵一匹を失ったというわけか」

お蘭はまるで能面のような表情のままだった。信長は上機嫌に笑いつづけ、それに藤吉郎がお追従を打った。

「いやはや、鬼を手なずける女子《おなご》とはいえ、やはり童。百戦錬磨の甲斐の虎を討つには、まだ早すぎましたかな」

その瞬間、信長の笑い声が途切れた。手にしていた茶器を、不機嫌な顔で藤吉郎に投げつけた。

「猿！」

信長の豹変ぶりに、藤吉郎は肝を潰した。ほとんど反射的に一歩下がって伏せ、額を地面にこすりつけた。

「ひ、平にご容赦を……！」

「この娘、わずか二匹ばかりの鬼兵を連れて武田屋敷に斬り込み、影武者とはいえ本陣まで達して馘を持ち帰った！　ここにいる誰に真似ができようぞ！」

影武者の馘を掴まされたのはお蘭の失態だが、信長の指摘する働きぶりは否定できない事実だった。お蘭と二体の鬼兵が、一国の中枢を攻め落とすのに要する兵力に匹敵すると証明してみせたのだ。しかも、宣言してから甲斐国を往復して帰参するまで、わずか七日しか経っていない。驚異的な機動力だ。だからこそ、影武者であっても信長は上機嫌になった。藤吉郎は、そこに余計な一言で水を差したのである。

「茶がまずくなるわ」

言い捨て、信長は懐に差していた扇子を抜いた。それを、跪くお蘭の目の前に投げた。

「これでその猿の頭をはたけ。少しばかり、調教してやるがいい」

「はい」

お蘭は無表情のまま抑揚のない声で応え、転がった扇子を拾い上げた。まだ頭を伏せている藤吉郎の正面まで中腰の姿勢で移動し、遠慮せずにその後頭部をぴしりと打った。藤吉郎はうつむいたまま脂汗を垂らし、額に青筋を浮かべていた。

信長はふたたび上機嫌になった。

呵呵《かか》と笑った。

第三章　御隠島

1

男の名は、桜井与史郎といった。

桜井家は将監《しょうげん》の官位を叙され、朝廷で近衛隊の任を代々担ってきた家系である。与史郎は、その七代当主だ。しかし天文二十一年（一五五二）、太政次官の田嶌《たしま》備後守忠之の賄賂の要求を拒否したのが発端となり、一気に勢力を減じることになった。讒言《ざんげん》を弄《ろう》する忠之に惑わされた後奈良《ごなら》天皇の命で、桜井家が領していたおよそ五万石の荘園が召し上げられ、近衛職も罷免されたのだ。これが躑躅ヶ崎館の動乱から遡ること二十年前の話である。

朝廷に取り上げられた荘園は、丹後国《たんごのくに》守護職一色家《いっしきけ》に領されることとなった。与史郎はその一色家の家臣のひとりに身を窶《やつ》し、かつての所領の一部である丹後半島の北端、夕日浦に面したうらぶれた村落の一帯のみを任されている。石高はわずか二千。一色家は田嶌備後守の息がかかった一族であり、事実上、桜井家は忠之の監視下にあるも同然だった。

桃李《とうり》は、その与史郎に拾われた。

戦乱で両親と死に別れた八歳の少年は、ひとり小舟で逃れ、夕日浦に流れ着いた。以来、およそ半年にわたって、見知らぬ土地で打ち捨てられた漁師小屋に隠れ住んで、魚や畑の作物を盗み、家畜を殺して飢えをしのいだ。ただひたすら、生きていくために必死だった。

しかし、被害に遭った民は、たまったものではない。ついには与史郎に訴え、桜井家の足軽たちが動員された大捕り物を経て、ようやくにして捕縛にいたったのだった。

ここで与史郎は桃李に、奇妙な沙汰を下した。なにを感じたのか、下男らと寝起きをともにさせ、桜井家に奉公させたのだ。

朝は早くの床拭きから薪割り、夜の風呂場の掃除まで、桃李は様々な雑用を黙々とこなした。それでも雨露のしのげる生活を得て、寝食にも困らない。湯でからだを洗う贅沢も味わった。言いつかる仕事の合間には、文字の読み書きまで習うこともあった。生きていくことに必死だったそれまでの暮らしが、与史郎の計らいによって一変したのである。

しかしただひとつ、課された剣術の稽古が、与史郎に対する態度をかたくななものにした。

与史郎が手ずからつけた指南は、苛烈を極めた。その腕前は桜井家侍大将の筆頭である矢柄《やがら》真左衛門に次ぐほどで、それに等しい伎倆を桃李に修得させようとしたのだ。

「勝てぬ理由を考えるな！　勝つ算段を心に置け！」

この日も、昼過ぎから稽古がはじまった。

やはり、さんざんに打ち据えられた。手にした木刀は桃李の身の丈に合わない大振りなもので、年端のゆかぬ少年の両腕では、構えても切先が知らぬ間に力なく下をむいた。

「なんじゃ、その為体《ていたらく》は！　そんなことで、帝に仕える武士《もののふ》が務まると思うか！」

知ったことか！

満身創痍だが、その幼い瞳の奥に手負いの狼のような、ぎらついた光が宿った。

「それじゃ！　その眼を忘れるな！」

与史郎はわずかに頬を緩め、次の瞬間にはふたたび形相に戻って桃李を打ち据えた。

親父様も、いよいよ自棄《やけ》になられたか。

桜井家のわずかな家臣がこう嘆息するのを、桃李は何度も耳にしてきた。

与史郎は宮仕えの当時から臣下への心配りのよさで知られ、常ならば「お館様」と呼ばれるところを、桜井家家臣は親愛の情を込めて「親父様」と呼んだ。家勢を減じ一色家の一陪臣に落ちぶれてからも、残った家臣はこの呼びかたを改めない。そんな者たちが眉をひそめるほど、桃李の扱いは常軌を逸していた。

よもや、継嗣《けいし》に据えるつもりではあるまいか。

そんな噂も上がったことがある。

与史郎は子に恵まれず、養子も得ていない。桜井家は後継の座が空席のままだ。しかし、さすがにそれを質す勇気は、誰にもなかった。

桃李は最後まで、「親父様」とは呼ばなかった。意地になって「桜井様」でとおした。

いつの日か、長じて与史郎を打ち負かす。

それだけが、目標になった。

七年が過ぎた永禄二年（一五五九）、夏。

今年の丹後半島は雨に恵まれ、それでいて陽の照りもよく、米や麦は豊作が期待できた。海でも鰆《さわら》や栄螺《さざえ》が例年にない豊漁だった。

桃李の剣の腕は、目覚ましい成長を遂げていた。歳は十五、背丈も五尺半となり、もはや木刀に振り回される体格ではない。

からりと晴れた屋敷の中庭で、この日も与史郎と桃李は木刀を手にむかい合っていた。

しかし、いつもの稽古とは様子が異なる。

与史郎の「仕合じゃ」のひと言に、桜井家の侍大将や奉公人たちが集まって、ふたりを囲んでいた。

ふたりは剣先がわずかに触れる間合いを保ち、全身の神経を研ぎ澄まして対峙していた。

与史郎の剣がすっと右下に下がり、対する桃李はゆっくりと上段に構えた。

与史郎の太刀筋は、敵の脇を深く裂く下段からの一撃が特徴だ。桃李も、この構えからの稽古を重ねている。しかしそれでは、場数を踏んでいる与史郎のほうが有利だ。そこで桃李は、あえて別の太刀筋で挑んでいる。

さては、本気で親父様に勝つつもりか。

中庭に面した廊下の中央で観ていた真左衛門は、桃李の胸中を読んで愉快そうな薄い笑みを浮かべた。とくとその上達ぶりを見せてもらおうではないか。

強い陽射しがふたりの肌をじりりと灼き、珠のような汗が幾粒も額に浮かんでいた。

張り詰めた空気をかき乱すように、庭木にとまった何匹もの蝉がけたたましく鳴いている。しかしそれさえ、与史郎と桃李の耳には届いていない。

まだだ。

桃李は、逸る心を必死で押さえ込んだ。いま動いたら負ける。無性に喉が渇いた。

与史郎も、桃李がもはや打たれるばかりの若輩でないことは承知している。勝ち急いだほうが隙を生み、ひと太刀で敗れるのだ。

どれほどの時間が流れたのか。

頭上に輝く太陽に白い雲がかかった。

陽射しが遮られ、中庭が陰る。

ふたつの殺気が、一斉に膨らんだ。やかましく鳴いていた蝉の声が、ふっとやんだ。

「ぬんっ！」

まったく同じ呼吸で、ふたつの気合いが放たれた。

与史郎がわずかに腰を沈めた。桃李が一歩、踏み出した。

次の瞬間、木刀がからだを打ち据える音が、ぴしりと重なって響いた。

桃李の左脇腹。

与史郎の右首筋。

どちらも渾身の一撃だ。真剣での勝負なら、互いに致命打になっている。

「相討ちっ！」

息を殺していた家臣のひとりが、たまらず叫んだ。つづいて、おおっという歓声が湧き上がった。興奮した下男や女中たちの歓声が、次々と上がる。侍大将や足軽たちが唖然としたまま言葉もないのと対照的だ。

わずかに与史郎と真左衛門の眼が合った。

与史郎は、どこかばつの悪そうな、それでいて誇らしげな、複雑な表情を浮かべていた。

2

その冬、それは起こった。

天が厚い雪雲に覆われ、しんしんと雪が降りつづけて薄暗い日がつづいていた。とくにこの日の午後は、吹雪となって荒れた。

漁師も農夫も仕事を諦めて、仕舞い支度をはじめた未《ひつじ》の刻。

夕日浦から望む海原が強烈な光で照らされた。雷鳴に似た音が響き渡った。

雪雲を割って、天から光の塊が落ちてきた。高台で吹雪く様子を検めていた桃李が見たそれは、北の洋上にぼんやりと影を浮かべる御隠島《みかくれじま》にぶつかって膨らみ、どんと鳴り響いた。その衝撃はすさまじく、突き上げるような揺れが地の底から伝わってきた。

「うおっ」

あまりのことに桃李は積もった雪の上に尻餅をついた。

丹後半島の北端から五里ほどの距離にある御隠島は、東西がおよそ一里、南北が二里ほどの小島だ。天文三年（一五三四）に、帝の妹君である永寿女王《えいじゅにょおう》がお隠れになったさいに社が建立され、これは御隠神社と命名されている。その後、古くから住むわずかな民を除いて、許可を得ない者の島への立入は禁じられていた。御隠神社にはおよそ十人ほどの神官が留まって慰霊が繰り返されており、若き神官の修行の場としても利用されているという。

桃李は立ち上がり、さらに目を凝らした。

霞んで見える島の中央に、急峻な小布岳《おぶだけ》がそびえている。その山頂から、灰褐色の巨大な煙の柱が天高く吹き上っていた。さらに山肌には溶岩が流れ、赤く光る筋を作っている。

小布岳は、長らく荒ぶることがなかったものの、山頂に火口を抱く。それが光の衝突で目を覚ましたように見えた。

とんでもないなにかが起こったと桃李は感じ、肌を粟立たせた。


与史郎はこの惨事に即応し、御隠島に救難隊を送り込むことの可否について、一色家の居城である今熊野城《いまくまのじょう》に使者の侍大将を送った。

二日が過ぎ、巳《み》の刻をまわった頃に、侍大将が憤懣やる方なしといった表情で桜井屋敷に戻り、与史郎に首尾を報告した。一色家いわく、朝廷からの沙汰により静観、桜井家も手出しは無用という。いまにも御隠島に発たんという気構えで評定の間に押し寄せていた侍大将たちは、一様に呻いた。


しかしそれからわずか一刻がすぎて、事態は急変した。

この日も島の様子を視ていた桃李は、沖合から「舟だ！」という声が上がるのを耳にした。視線を巡らすと、まだ波高い洋上で何艘かの漁師舟が、漂ってくる一艘の小舟に寄せて横付けしようとしていた。

「村の者《もん》じゃねえ！　息をしている。生きてるぞ！」

「なんと!?」

桃李は浜への坂道を転がるように勢いよく駆け下りた。

小舟から、袴姿の男が担ぎ出されていた。歳は二十代半ばほどか。顔色は凍えて蒼く、意識を失っている。全身が噴煙で白く染まっていたが、ところどころに生地の紫色がまだらに見え、神官とわかった。その胸元には鮮血を浴びたような黒い染みもあり、ただならぬ状況から逃げ延びてきたことを物語っている。

桃李が神官の上体を起こし、わずかに力を加えて背を反らせると、それが刺激になって覚醒した。

「こ……、ここは……」

まだ焦点の合っていない瞳で、神官は周囲を見回した。

「丹後国、竹野郡にござる。御身は、ここに流れ着かれた。御隠島の御仁か？」

記憶をたぐるように、神官は遙か洋上に視線を馳せた。

その瞳に唐突に光が戻り、表情に怯えの色が浮かんだ。

いまにも御隠島の天変地異の窮状を訴えるものと桃李は思ったが、予想を遙かに超える言葉が、神官の口から突いて出た。

「物怪が！　島で、人が物怪に喰われている！　お助けあれ！」

御隠島はいよいよ抜き差しならない状況にあると、与史郎は悟った。

屋敷に運び込まれた神官は落ち着きを取り戻し、吉田兼和と名乗った。京の吉田神道の総領息子である。いずれ家督を継承する修行の一環として、一月《ひとつき》の予定で御隠島の社に滞在していたという。

その兼和が言うのだ。

天から光が墜ち、山が火を吹いたかと思うと、物怪が出《い》でた。

御隠島の民が、たった一匹の物怪に次々と喰われている。

淡々と語る口ぶりは、神懸かりにも錯乱にも見えない。よほどの惨事に、吹雪や噴煙に紛れ暴れる熊を見違えたか。度を越した荒唐無稽ぶりに、桃李はそう思った。

しかし、与史郎はその言葉を軽んじる気になれなかった。兼和にこうさせるほどのなにかが、御隠島で起こっているのだ。ことの真相がなんであれ、誰かが島に渡る必要がある。

「舟を出す」

決断は速かった。

「沙汰を待っていては後手に回るわ。御隠島に出張るぞ。桃李、急ぎ船を手配せい」

「ただちに！」

桃李は即答した。

しかし、家臣たちは一様に無言で躊躇いの色を浮かべていた。一介の武家に成り下がった桜井家が、許しもなく天領に踏み入っていいものか。当然の反応といえた。

そこに、太い声が静かに響いた。

「親父様、ことはお家の大事となり申しますぞ。よろしいか？」

真左衛門だ。決意のほどを質す視線を、まっすぐに与史郎にむけた。

与史郎は、黙って真左衛門を見つめ返した。

言葉にせずとも、想いは伝わった。朝廷に謀反を疑われようとも、いま危難に晒されている島民を救う。それが桜井家の矜持だ。

真左衛門は、いまも萎えることのない与史郎の心意気が無性に嬉しかった。

「親父様がご決断なされた！　桃李、ゆけ！」

「はい！」

桃李は屋敷を飛び出していった。

3

日の暮れた酉《とり》の刻になってようやく、鎧を着込んだ与史郎たちを乗せた五艘の漁師舟は、御隠島の南端に達した。兵の数は与史郎を含めて総勢で二十六。桜井家が動員できる兵力のおよそ半数で、そのなかには桃李の姿もある。まだ元服を済ませていない桃李は足軽の身分でさえなかったが、与史郎にならぶ剣の腕が認められ、帯刀と救難隊への参加が許された。

桜井家に残る八年前の記録では、御隠島には三十三世帯、八十六名の島民が暮らしていた。三方を険しい崖が囲み、島民の暮らす集落はわずかに開けた南側の浜辺近くに集中している。

全島が神域となった御隠島では、生き物の殺傷は〝穢《けが》れ〟となるため、猟や漁業は禁じられている。島内の石高は六十石にも満たない微々たるもので、社の神官の生活を支えるには、食料などの多くは外部に求める必要があった。以前は桜井家が勅許《ちょっきょ》を得て島への物資運搬の任を担っていたが、荘園を召し上げられてからは、新しい領主となった一色家がその役割を引き継いでいる。任から離れていた与史郎にとっては、八年ぶりの御隠島だ。

篝火を焚いた船団が、注意深く桟橋に寄せた。噴火のさいに火口から飛ばされてきた噴石が周辺に降り注いだらしく、桟橋の一部や繋がれていた小舟の数艘が破損している。しかし無傷で残されている小舟まで手つかずのままで、島民が脱出した様子はない。

「ぬ」

桟橋に立ったところで、与史郎の表情がにわかに険しくなった。

ところどころ雪の残る砂浜を越えたむこうに、巨大な鳥居がある。塵灰が静かに降り注ぐなか、それが無残に傾《かし》いでいるのが見て取れた。上部を横に渡された笠木と島木は、これも噴石の直撃を受けたのか、中央が砕けている。

「ひどいものだな」

おもわず、声を漏らした。この様子では集落も相当の害を被っているに違いない。

「参るぞ」

兵たちは、手際よく糧食や防寒用の蓑などの救援物資を浜に運び揚げていった。

この作業が終わるのを待つあいだに、与史郎は着込んだ鎧の下から地図を取り出して広げた。集落の位置を確認すると、足軽のひとりを尖兵としてむかわせた。

過去に御隠島への物資運搬を担っていたさい、与史郎が関わるのはこの浜辺までだった。鳥居をくぐって集落や御隠神社へ運び入れる作業は、島民や神職たちが引き継いでいたのだ。何度も往復した島だが、与史郎もここから先の様子は伝聞でしか知らない。この地図も、出立前の短時間に兼和からの聞き取りで急ぎ描かれたものだ。

先行した足軽が、四半刻とたたずに血相を変えて戻ってきた。

「親父様！」

「なにか？」

問い返しながら、与史郎は最悪の報告を予想した。

「集落で、人が……」足軽はわずかに、声を途切れさせた。「喰われています……」

兼和の言、まことであったか。

「親父様、参りましょうぞ」

すぐ横で報告を聞いていた真左衛門が、次の言葉を促した。

「この眼で検めるまでよな」

荷揚げ作業が完了したのを確かめ、荷をその場に残して桜井武士団は前進を開始した。尖兵を務めた足軽が最前を進み、そのすぐうしろに与史郎がつづく。

一同は、崩れかかった鳥居の手前で一礼してから、その下をくぐった。誰もが不吉な空気を肌に感じ、神の加護を祈っている。神仏への信仰心を持たない桃李でさえ、気づいたら一礼していた。そうさせるほどのなにかが、いまの御隠島を覆っているのだ。

ほどなく集落に達した。

やはりここも噴石に襲われ、倒壊した家屋が集落の入り口を塞いでいた。火の手が上がったのか、黒く炭化している。火事跡特有のつんと鼻を突く異臭が不快だ。

足軽たちが前に出て、煤まみれになりながら焼け残った瓦礫を脇にのけた。

「………………！」

目の前に開けた光景を眼にして、与史郎は絶句した。

無数の肉片が松明に照らされていた。

人だ。

手が、脚が、首が、胴が、無残に引き裂かれ、集落の中央を伸びる表通りに四散していた。何十もの島民が骸と化して、泥土のなかに散らばっている。

ひどい。

ぎりりと、与史郎は奥歯を噛みしめた。

逃げ惑った島民たちの足跡に混じって、物怪のものと思える足跡が、そこかしこに残されていた。これが熊のものなら、相当に大きい。兼和が〝物怪〟と表現したのも納得がいく。

「付近を検めよ」

与史郎の号で、足軽たちが慎重に散った。物怪にいつ襲いかかられてもおかしくないのだ。警戒の視線を周囲に配りながら焼け崩れた家屋を掘り起こし、さらにその周囲まで巡って、息のある者がいないか確認していく。しかし、見つかるのは食い散らかされた肉片ばかりだ。

「見たところ、この場の骸は島民のおよそ半数というところですな」

強ばった表情の真左衛門が、息絶えた島民の数を見積もった。

与史郎は、ふたたび地図を取り出した。図上に描かれた小布岳の麓の社、そこに至る道筋を、与史郎は目で追った。

そこに、表通りを奥へ進んで山道を検めていた桃李が駆け戻ってきた。

「桜井様、集落の反対側を抜けた先、山道に血の筋が残されております」

「まことか！」

上陸して初めて生存者の可能性を匂わせる報告に、与史郎の声がわずかに昂ぶった。

捜索のために散っていた足軽たちを呼び戻した。犠牲者も弔ってやりたいが、それは陽が昇ってからだ。

「桃李、案内せい」

「は」

桃李が硬い声で応え、隊の先頭に立った。

4

いよいよ、残るは与史郎と桃李だけになった。

ふたりとも息が乱れ、肩が激しく上下している。太刀を握る右腕が重い。

御隠島の東端だ。林道のすぐ脇、杉が屹立する茂みを抜けた先で、身の丈ほどの枯れ芒に雪が積もって壁のように視界を遮っていた。そのむこうは、切り立った断崖絶壁だ。およそ二十間下で、岩に波が打ち寄せて白く飛沫を上げている。轟音とともに小布岳の頂から吹き出した大小の噴石が降り注ぐなか、ふたりは御隠神社から必死の思いでこの崖まで逃げ延び、杉の太い幹の影に身を隠していた。

なにひとつ、うまく運ばなかった。

集落を抜けた先に血痕が筋をつくっており、物怪のものと思える足跡もあった。桜井武士団はそれを辿って小布岳麓のゆるやかな山道をまっすぐ進む。周囲は杉が群生する森林で、人の通り道だけは樹木が伐採されて頭上に空がのぞいていた。

しかし、その行く手が阻まれた。

小布岳の山腹に疾った亀裂から流れ出た溶岩が、森を分断するように一本の筋となって注ぎ、周囲の樹木を焼き払っていたのだ。黒々と盛り上がった内側に熱を籠もらせた岩塊が、まるで大河のように桃李たちの行く手を阻んでいた。近づくだけで、頬がちりりと灼ける。これを乗り越えて進むのは、自殺行為だ。

こうなると、溶岩の流れの先端まで回り込んで御隠神社をめざすしかなかった。わずか半里が、途方もなく遠い。兵たちの疲労が募って隊列も乱れ、いつの間にか、いくつかの少人数の集団に別れて進んでいた。

先を行く足軽のひとりが、ついに森を抜けた。

「親父様！　社です！」

まだらに焼けただれた森林を踏破して、島民たちが逃げ延びているであろう御隠神社にたどり着いたのだ。集落を出発してから、すでに二刻近い時間が流れている。ろくに身動きのできない森のなかで、正体も定かでない物怪に遭遇しなかった幸運を噛みしめ、桃李は深く息を吐いた。

荘厳な三層の楼門がそびえていた。松明に照らされるそれは、贅を尽くした装飾が光り輝いている。金箔貼りの瓦屋根の上、二層目の壁に噴石が貫通したらしい大穴が口を開いているが、それでも威容は損なわれていない。社殿の敷地をぐるりと囲む回廊も、一様にきらびやかだ。夜空の下で、まるでそれ自体が光を放っているかのようで、眼に痛い。

「なんなのだ、これは？」

おもわず、与史郎は声を漏らした。

そのまばゆい光景は、楼門をくぐった先も同様だった。

石畳の参道をまっすぐ進む左に手前から手水舎《ちょうずや》、授与所がならび、その奥に神職が修行に明け暮れる道場がある。右手には社務所と宝庫がつづき、参道の突き当たりが拝殿だ。拝殿の後方には御神体を祀る本殿がある。

配置そのものは、一般的な神社のそれだ。しかしそのいずれもが、まばゆいばかりの金銀の宝飾に彩られている。足利義満が建立した金閣もかくやという絢爛豪華ぶりで、およそ神社らしからぬ光景だ。

ただの神社ではないな。

与史郎は胸の内で呟いた。しかし、いま検めるべきは、別にある。鋭い視線を周囲に走らせた。

参道の周囲は、大量の血痕がそこかしこに残されて冷え固まっていた。少なくない犠牲者が出ているはずだが、集落と違って遺体はひとつも転がっていない。

「親父様、物怪がなにをしたものか」

真左衛門も同じ疑問に行き当たっているのだろう。

「真左、この境内、徹底的に検めるぞ」

硬い声で、与史郎は言った。

「どこに物怪が潜むとも限らぬ。心してかかれ」

「は」

真左衛門は素早く指示を放った。自身を含めた二十人を五つの隊に分け、それぞれが社務所、宝庫、拝殿、本殿、そして道場を検める。捜索が終わった隊は順次、回廊と楼門の確認に回る段取りだ。与史郎と残る五人は、本隊として中庭の中央で報告を待つ。桃李は、道場を受け持つ真左衛門の隊に数えられていた。

兵たちは松明と得物を手にしたまま素早く動いた。

最初に物怪の痕跡を発見したのは、社務所にむかった隊だった。

社務所は二十人からの神職が寝泊まりできる大振りなもので、中央の屋根とその真下の板張りの床に、噴石による大穴が残されていた。本来なら仕切られているはずの部屋は襖が外れて倒れ、大広間のように見通すことができる。ここも中庭と同じく死体はひとつもないが、床はもとより壁や天井まで鮮血が飛び散り、さらに物怪の巨大さを示すように、天井近くの柱や壁に鋭い爪痕が何条も残されていた。

別の隊がむかった宝庫は、屋根と正面の壁が崩れ、保管されていた書物や神具が大量に散乱しているが、それ以外に荒らされた形跡はなかった。捜索はすぐに終わり、すみやかに回廊の確認に移った。

拝殿は、噴石が屋根に直撃して内部が完全に瓦礫と化していた。本殿も背面の壁を噴石が突き破っており、永寿女王の御霊を宿す神鏡の祀られた神台が正面に倒れている。さすがにこれを放置しておくのは忍びず、隊を率いる足軽組頭は部下に神台を起こさせ、床に転がっていた神鏡を恭しい手つきで戻した。

真左衛門の隊は、高床式になっている道場の階段を音もなく登り、横開きの扉を開いた。

そこに。

大の男がおもわず声をあげるほどの凄惨な光景が待ち構えていた。

「こ、これは……」

真左衛門は大きく眼を見開き、息を呑んだ。

苦悶の表情にまみれた大量の死体が、板張りの薄暗い講堂に山積みになっていた。その数は五十近い。きんと冷えた空気のなかでも、血の臭いが強烈だ。

ひと目でわかった。ここに運び込まれた。

道場が、いや、この御隠神社そのものが、いまや物怪の縄張りと化している。

「円陣！」

すかさず真左衛門は命じた。足軽たちは一歩踏み込んでいた講堂から無言で駆け、階段を中庭へ降った。

ことの次第を報告する暇が惜しい。物怪の急襲に備え、四人が与史郎たちの本隊を囲むように守りを固めた。手にしていた松明を周囲に投げ、太刀を両手で構える。社務所や拝殿、本殿の捜索を終えて回廊に入ろうとしていた隊も、それぞれが周囲を警戒する円陣を組んだ。

「真左、なにごとか！」

「物怪の餌が集められてござる！　血肉を喰らいに、すぐにでも戻って参りましょう！」

ぎっと道場を睨みつけた真左衛門が叫んだ。

「物怪の凶暴ぶり、察するに余りあるもの。この暗がりで策を用いずに臨むは、いたずらに兵を損なうだけ。ここは一旦……」

真左衛門が険しい表情で撤収を具申しかけたそのとき。

ふおおう……。

これまで聞いたことがない強烈な雄叫びが轟いた。小布岳の遙か山頂から、いや、すぐ近くから聞こえてきたようにも感じる。

どこだ⁉

与史郎が、真左衛門が、足軽たちが、そして桃李が、咆哮の主を探して四方に視線を巡らせた。

5

それは、唐突に落ちてきた。

中庭の中央で固まる本隊や真左衛門たちと楼門をつなぐ参道に、生首がひとつ、ごとりと大きく音を立てて転がった。宝庫から回廊に回った足軽のひとりである。

桃李の視線が、首が落ちてきた元を辿って上にむかった。

三層造りの楼門の二層目の壁に、噴石の穿った大穴が口を開いている。その内側で松明の火が建物に移ったのか、煙が立ち上ってくる。

次第に勢いを強くする黒煙のなかから、巨大ななにかが、ぬっと姿を現わした。穴から出て金箔貼りの瓦屋根の上に立ったところで、屈めていた背筋を伸ばした。全員の視線が、それに集中した。

「…………！」

熊などという、なまやさしいものではない。

鳩のように盛り上がった胸と、全身を覆う蛞蝓のような皮膚。せり出した口元から飛びだす無数の牙。丸太のような二本の腕の先で、鮮血に濡れぞぼった両手が骸を失った骸を掴んでいる。

物怪が、足下の与史郎たちを睥睨した。

鬼。

その名が、桃李の頭に浮かんだ。

あまりの異形ぶりに、楼門を見上げる誰ひとりとして声をあげることができなかった。集落の惨状を見てそれなりの覚悟はできていたが、予想を上回る奇怪ぶりに、完全に肝を潰している。

鬼は屋根に骸を投げ捨て、ふわりと跳んだ。

与史郎たちの正面、参道に落ちて潰れていた骸のすぐ脇に、すとんと着地した。

撤退するには、完全に機を逸した。

「物怪めが……」

唸り、与史郎は自身を奮い立たせた。それに、真左衛門がつづいた。

「連斬の計！　ものども、討ち取れい！」

その号に、足軽たちは息を吹き返した。かれらの全身を縛っていた恐怖の鎖が解け、一斉に殺気を膨らませた。死地に臨んで活路を見出す武士《もののふ》の顔が、そこにあった。

最初に桃李が駆けだし、真左衛門隊の足軽ふたりが雄叫びを上げてつづいた。それに入れ替わるように、拝殿と本殿の捜索にまわっていた隊が駆けつけて八人で本隊を囲む。社務所から出てきた隊は、鬼の側面を突くべく左から回り込んだ。一対一で勝てる相手ではないだろうが、つづけざまに太刀を振るって鬼を斬り刻み、屠る。それが真左衛門の策だ。

先頭を行く桃李が、一気に鬼との距離を詰めた。

鬼は、悠然と仁王立ちのままだ。

桃李が斬りかかる寸前。

鬼が地面を蹴った。

その巨躯が軽々と宙を舞い、桃李たち三人の頭上を飛び越えた。

「なに⁉」

振り返った視線の先で、着地した鬼がいままさに本隊に襲いかかろうとしていた。

腕の立つ者から屠る。多数の敵に少数が挑むさいのいろはのひとつだ。前列で壁を作る足軽四人が、鬼の腕のひと薙ぎで断末魔とともに宙に舞った。その先には与史郎と、それを守る真左衛門がいる。

舐めた真似を！

無視されたと悟った桃李の頭に血が上った。

さらに正面に回って鬼に挑んだ本隊の足軽三人が、一瞬で鋭い爪に切り裂かれて絶命した。

そこに、真左衛門が斬り込んだ。

鬼が足軽を屠った直後の開いた懐に飛び込み、胸板を袈裟懸けにした。そのまま、鬼の右腕の下を駆け抜ける。

ふおう。

怒りのこもった鬼の視線が真左衛門を追った。振り返りざまに伸ばした右腕はすでに届かない。

そこに、与史郎が鬼の背後から、真左衛門と擦れ違った桃李が正面から、同時に迫った。

与史郎の得意の太刀筋が大きく振り上げられた左腕の脇を、桃李の渾身の一撃が鬼の首筋を捉えた。

決まった。

桜井家でも随一の腕を持つ真左衛門の一撃で、すでに鬼は深手を負っている。そこに桃李と与史郎の太刀がとどめを刺した。いかな物怪でも、ひとたまりもない。

早計だった。

ふおう。

鬼は三本の刀傷に、なんの痛痒も感じていなかった。

ふたりが鬼の両脇を前後に駆け抜けるよりも速く鬼はむきを変え、振るった右腕の爪が躱そうとする与史郎の両の大腿を正面から深く裂いた。

「がっ」

「親父様！」

足軽たちの悲鳴に近い叫びが谺する。

わずかな動揺が、桃李の動きを鈍らせた。一瞬だが鬼から注意が逸れた。咄嗟に転じて、与史郎のからだを追おうとした。

そこに、鬼の左腕がきた。左手の甲が弧を描いて桃李の鳩尾《みぞおち》にめり込み、強烈に背中から地面に叩きつけられた。どこか骨が折れたような嫌な感触もあった。

「がふっ！」

肺が潰れて咽せ、視界がちらつく。

「よくも！」

次々と足軽たちが怒声を発して鬼に挑むなか、桃李は全身が激しく軋むような痛みに包まれて立ち上がることができなかった。仰向けのまま血溜まりのなかに動かない与史郎に、這いながらやっとのことで近づいていった。

「桜井様……」

「桃李……、か……」

桃李の気配に、与史郎が反応した。大腿の傷がひどい。いく筋もの深い裂け目の奥に白い骨が覗き、出血がとまらない。これではまともに立つことすらできないはずだ。楼門の火災が次第に激しくなり、その炎に照らされた与史郎の顔面は蒼白だ。

なんとかしなければ。

桃李は乱れた息を整えるのも惜しく、全身が痛むのを堪えて与史郎の上半身を抱え起こした。いまもまだ真左衛門と数名の足軽が鬼に挑んでいる。それに巻き込まれないように、社務所の脇まで引きずっていった。止血するため、桃李は自分の襷をほどいて、与史郎の両脚の付け根をきつく縛った。

「桜井様、お気をたしかに」

ぐったりとした与史郎の意識を保たせようと、声をかけた。与史郎は「おうよ」と力なく口元を動かした。

その反応を見届けた桃李は、ふたたび真左衛門に視線を転じた。

真左衛門のほか、残るはわずか六人。あとは、傷を負って身動きできずにいるか、すでに息をしていない。

加勢すべく太刀を手に駆けだそうとした、そのとき。

ぐらりと、足元が揺れた。

「!?」

どんという轟音とともに地面が激しく鳴動し、半壊の社殿が揺れて軋んだ。片脚が宙に浮いていた桃李は姿勢を崩し、たたらを踏んだ。周囲が、にわかに明るく照らされた。

桃李の視線が、拝殿の遥か先にあるものを捉えた。

火柱を吹き上げていた。

小布岳の山頂が。

いったんは鎮まったかに見えたそれが、ふたたび目覚めて牙を剥いたのだ。間近に見上げるその光景は、とにかく恐ろしい。

無数の火球が、雨あられと降り注いできた。爆音がそこかしこに轟き、衝撃とともに土煙が吹き上がる。

赤く灼けた大小の岩塊が、次々と御隠神社の社殿や中庭を蹂躙した。

「うおっ」

真左衛門も肝を潰し、棒立ちになった。

鬼も同様だった。一瞬だが真左衛門たちの存在を忘れ、火を吹く山頂に注意がむいた。

「桃李、親父様を！」

真左衛門の叫びが、桃李に届いた。

「皆も退け！　物怪はもうよい！　退け！」

真左衛門の声には、桃李が初めて聞く焦りの色があった。わずかに躊躇っているあいだにも、ふたりの足軽が噴石の直撃を受けて手脚を四散させている。残る足軽たちは、近くで負傷して満足に動けない者を担ぎ、回廊の四方に設けられている通用口をめざして散り散りになった。

桃李は与史郎の右腕を肩に回して支え、迫る噴石を背後に感じながら必死で楼門をめざした。すでに完全に炎に包まれた楼門が、大量の火の粉を散らしている。その下を半ば与史郎を引きずるように駆け、いましがた抜けてきたばかりの森林に飛び込んだ。

それを楼門近くまで移動しながら見届けた真左衛門は、満足げに頷いた。

「それで、よい」

そして、振り返った。

わずか三間の距離を挟んで、鬼が真左衛門を狙い定めていた。

この状況でも、まだ獲物を追い求める。

「それでこそよ」

真左衛門は、両手で太刀を構えた。その切先が、まっすぐに鬼にむいた。

「わしが相手だ。ここから先は、一歩も通さぬ」

6

桃李は必死の思いで駆けた。息が上がる。肺の腑が張り裂けそうに痛い。

ぐったりと身を預けてくる与史郎は重く、それを支えながら木々を避けて走るのはきつい。与史郎の両脚からの出血も完全にはとまらず、駆け抜けてきた火山灰の上に赤い筋を残していた。

仲間の足軽たちがどこに逃げていったのかさえわからない。噴火の爆音に紛れて遠くで誰かが叫ぶ声が聞こえるが、それが断末魔なのか、必死に声をかけ合っているのか。太い幹が噴石の直撃で何本も砕けて派手な音を立てながら倒れ、そこかしこで火の手が上がっている。おかげで松明がなくても見通しが利いたが、下手を打てば火に呑まれる。

そうなる前に、とにかく集落をめざそう。

港までたどり着けば、舟で脱出できる。

ところが、意識を朦朧とさせていた与史郎が、桃李のめざすのと異なる方向を指さした。

「此方《こち》だ……」

与史郎の指先は、斜め左前方を示していた。

桃李は与史郎の真意を測りかねた。しかし、逡巡している暇はない。

ままよ！

進路を転じた。坂を下って集落をめざすはずが、いまは斜面をほぼ水平に移動している。与史郎は何度か桃李に指示を与え、さらに少しずつ方向を変えて進んだ。

「ここで……、よい……」

身の丈ほどの枯れ芒に雪が積もって壁をつくっているむこうから、潮の香りと波音が漂ってくる。島の周縁部、どうやら東岸の崖のどこかだと桃李は見当をつけた。聞こえてくる爆音から、いまも小布岳の火口は激しく火を吹いているとわかる。しかし距離をとったせいか飛んでくる噴石は小さく、杉の枝に遮られて桃李たちの周辺に跳ねるように落ちてくる。これなら、しばらくは身を伏せていても危険はなさそうだ。

「こちらへ」

息がいよいよ苦しげな与史郎を少しでも休ませようと、太い杉の根元に腰を下ろさせた。

与史郎が離れて身軽になった途端、いつの間にか忘れていた背筋から脇にかけての痛みがぶり返してきた。必死のあまり自覚がなかったが、桃李も相当の怪我を負っているはずなのだ。息をするたびに肋《あばら》が痛む。額に脂汗が浮かんだ。

「他の者は……、物怪は……、どうなったか……」

切れ切れの声で、与史郎が問うた。

「物怪は、ひとまずは引き離しましたが……」

桃李は周囲の気配を探り、耳を澄ませた。いましがたまで聞こえていた仲間たちの声は、いまはまったく聞こえない。

「いずれ、追ってくるでしょう」

「で、あろうな……」

与史郎は同意し、天を仰ぐように呻いた。

まさにそのときである。

遙か遠方から、なにかがけたたましく下生えを蹴散らしながら追ってくる気配を感じた。

見つかったな。

まっすぐに駆けてくる。

どうする？

桜井様は、動けない。

桃李は必死に考えを巡らせた。

どうすれば、あの鬼を倒せる？

答えを求めるように視線を巡らすと、与史郎は苦悶の下で薄い笑みを浮かべた。

「やはり、桃李が残ったな……。わしの目に狂いはなかった……」

「…………」

桃李は返す言葉に困った。

拾われた幼い日より激しい稽古で打ち据えられ、ことあるたびに面罵される日々を、何年も過ごしてきたのだ。これまで、まともに褒められた記憶がない。それがことこの場に至って、なにを言いだすというのだ。

鬼の駆ける気配が近づいてくる。

「桃李よ……」

与史郎が、耳を貸せという仕草で軽く手招きした。桃李は与史郎の傍らに膝を突き、顔を寄せた。

与史郎の瞳がまっすぐに桃李を見つめた。

「命じる……。いまこのときを以て元服し……、桃十郎を名乗れ」

「…………」

覚悟を決めたな。

今生最後の戦いに、きさまも大人の男として臨め。与史郎はそう言っているのだ。

いいだろう。

過ぎしあの嵐の夜、一度は海原に投げ出されて死んだ身だ。奇跡的に夕日浦に流れ着いて与史郎に拾われ、いまは共に死地に立っている。おもしろい巡り合わせだ。

しかし、そんな感慨に耽る桃李の頬をはたくようなひと言を、与史郎は口にした。

「崖に誘い込む……。ここから落ちれば、彼奴《きゃつ》も無事では済むまい……。われらが勝ち残る、唯一の手じゃ」

桃李は、はっと息を呑んだ。

けっして、安易な死の道を選んだわけではない。最後まで生き残る道を探っている。元服を命じたのも、死出の花道を飾るためではなく、生きて桜井家を支えさせるためだ。その気骨に、桃李はまだまだ遠く及ばない。

勝てぬ理由を考えるな。勝つ算段を心に置け。

その教えが、いまになって胸に染みた。

与史郎に、もっと多くのことを学びたい。強く、そう思った。

「桜井様、桃李……、いえ、桃十郎が崖までの囮となります」

「任せたぞ……」

桃十郎は無言で頷いた。痛めつけられて体力は尽きかけているが、気力はふたたび満ちた。

やってやる。

腰の太刀を抜いた。

7

樹木の影に身を潜め、深く息を吸い込んで呼吸を調えて間合いを読んだ。

鬼の全身から放たれている〝気〟が、ぐわっと膨らんだ。

駆けてくる正面に、桃十郎が飛び出した。

「！」

そこにいるはずの鬼がいない。

咄嗟に、視線を上に転じた。

鬼が、正面高く跳んでいた。頭上から、その爪が唸りを立てて迫る。

考えるよりも先にからだが動いた。振り上げた一撃が爪を弾く。

落下の勢いのまま鬼が桃十郎を踏み潰そうとする。その真下をぎりぎりの間合いでかいくぐった
が、ぬかるんだ火山灰に踏ん張りがきかず、姿勢を崩して背中から地面に転がった。

しまった！

咄嗟に半身をひねりながら立ち上がったが、その視線の先、わずか数間の距離から両腕を振り上げた鬼が、ふたたび桃十郎に飛びかかろうとしていた。

殺られる！

瞬時に悟った。

そこに、ひとつの影が飛び出してきた。

与史郎だ。

どこにそんな力が残されていたのか。両腿の肉を裂かれて、立てるわけがない。だがいま、桃十郎を守る盾となり、鬼を討たんとする。常人ならざる魂力だけが、与史郎の全身を支配しているのだ。

ふおおおう。

鬼がいなないた。

すべてがゆっくりと動いて見えた。

鬼が、右腕を頭上から振り下ろした。もはや俊敏な動きのかなわない与史郎は棒立ちも同様で、かざした太刀が折られ、胸から腹がざくりと裂かれて臓腑が噴き出した。

力を失い、膝から崩れ落ちる。

与史郎がいなければ、桃十郎がその餌食になっていた。

ふおう。

鬼が、せせら笑った
その瞬間。

なにかが、目を覚ました。

桃十郎の体内で血液が激流のように音を立てて駆け巡り、ごうと熱を放ったように感じた。

総毛立ち、全身の筋肉が膨れ上がった。眼前の鬼を殺るという強烈な衝動だけが、桃十郎を突き動かした。

雄叫びを上げ、倒れ込んだ与史郎を飛び越えた。

一瞬で間合いを詰め、鬼の右胸に太刀を突き刺した。

根本まで沈んだ。渾身の一撃だった。

しかし。

鬼は桃十郎の太刀を受けたまま、平然と見下ろしている。

巨大な左手が、まるで桃十郎の右肩を握りつぶしそうな力で掴んだ。長く鋭い爪が皮膚に食い込み、そのまま軽々と投げ飛ばされた。

派手に火山灰を撒き散らしながら枯れ芒の壁の手前まで転がった。

素早く立ち上がった。

痛みも疲れも感じていない。右腕は使いものにならなくなっていたが、それ以外はまだ動く。

桃十郎の太刀は鬼の胸にいまも突き刺さったままだ。咄嗟に左手で腰の小太刀を逆手に抜いた。

なにができるというわけではないが、全身を駆け巡る殺気がそうさせた。

「来い！」

挑発した。

鬼が猛然と駆けてくる。

中腰に身構えた。間合いを計り、跳躍するために膝をたわめた。

それを見透かした鬼が、ひと呼吸早く跳んだ。

かかった！

桃十郎は跳ばなかった。屈んだ姿勢から足元の火山灰を蹴り上げた。それが鬼の視界を奪い、一歩横に躱した桃十郎の脇で爪が空を切った。

距離感を失った鬼は着地の勢いを殺せず、そのまま枯れ芒の壁に頭から前のめりに突っ込んだ。

芒はわずか一間ほどで途切れ、その先に切り立った崖がある。

あと数歩で落ちる。

そこで、とまった。

そんな小賢しい手にかかるかといわんばかりに、振り返った。

その正面に。

跳ぶ桃十郎がいた。

勢いよく迫り、突き出した小太刀の刀身が鬼の右首筋に深く沈んだ。さらに、大きく叫びながら胸板を全力で蹴った。

その反動にまかせて、鬼から離れた。

蹴られた鬼は崖の際までよろめいたが、踏み堪えた。

しかし。

長らく風雪に晒され、二度の噴火の衝撃に激しく揺さぶられた崖は、鬼の巨躯を支えるには脆かった。

足場を、踏み抜いた。

ふおっ。

鬼は、崩れた岩塊とともに、吸い込まれるように落ちていった。

ふおおおう……。

雄叫びが、崖のむこうで尾を引いた。

崖まで駆け寄って桃十郎がはるか下を覗き込んだときには、すでに鬼の姿は岩場に打ちつける白波に呑まれて見えなくなっていた。

深く息を吐いた。

われに返った。

桜井様！

桃十郎は急いで茂みを戻り、林道で溢れ出た臓腑と鮮血にまみれている与史郎の傍らに跪いた。

与史郎には、まだ息があった。

焦点を結ばない瞳が、宙を見つめていた。しかし、わずかに残った意識が桃十郎を認めた。口許が、かすかに動いた。なにかを伝えようとしている。しかし声にならず、その代わりに血の塊をごぼりと吐いた。鬼に裂かれた胸元からも、血泡が膨れ上がっている。

残った力、いや、わずかな気力を振り絞り、震える左手を突き出してきた。

握っているのは、深紅の鞘に収まった小太刀だ。桜井家に代々伝わるものである。

それを桃十郎に握らせた。これがなにを意味するか、嫌でもわかる。

やめてくれ。

いま、そんなことをしないでくれ。

「お……、お……」

気がつけば、桃十郎は噎《むせ》び泣いていた。

胸の奥から込み上げてくる熱いなにかを抑えることができない。

そして。

与史郎はついに、こと切れた。

「――!」

もはや、桃十郎は声をあげて泣くことすらできなくなった。自分を責めつづける涙が、頬を濡らした。

後悔しかない。

ついに感謝の気持ちを伝えられなかった。

いままで何度も、その機会はあったではないか。

拾われて、腹一杯の飯を与えられたとき。

寝起きする場所を与えられたとき。

剣術の上達が家中で認められたとき。

そして、桃十郎の名を与えられたとき。

その恩は返すつもりだったのだ。桜井家が復権する好機が訪れたなら、あるいはこの手で田嶌備後守を討ってもいい。いずれ、と茫洋と考えていた。

しかし、気づいたときには、遅いのだ。

恩に報いたい相手は、桃十郎よりも先に逝く。

それも、思いがけないほど早く。

「お……、お……」

自分が何を言おうとしているのかは、わかっていた。

取り返しのつかない悔恨に噴まれながら、涙交じりの声を振り絞った。

「親父様……！」


桃十郎は、自分の叫び声で目を覚ました。

涙で霞む視界の先に天井があり、寝巻きをはだけて、小太刀を握っていたはずの左手を高く突き上げていた。すぐ横で素肌を晒したおはなが、小振りな乳房を桃十郎の右腕に押しつける姿勢で、静かに寝息を立てている。

ここは。

躑躅ヶ崎館だ。

桃十郎は隻眼の鬼兵から受けた一撃で肋骨《ろっこつ》を七本折る重傷を負っており、武田家の居館でしばしの静養となっていた。その世話を担当するのが、覚恕に歩き巫女として仕えていたおはなだ。

いやなところを見られたか。

気まずそうに、桃十郎は尽き出していた左手を寝巻きの下に戻した。

「ん……」

桃十郎の動きが刺激になったのか、おはなが小さく声をあげて薄く瞼を開いた。

静かに寝床から抜け出た。

乱雑に脱ぎ捨ててあった着物を手早くまとった。その傍らには、派手な着物や旅羽織の一式が風呂敷に包まれている脇に、色不異空と、深紅の鞘に収められた小太刀がならんでいる。

おはなは、音を立てずに襖戸を開いて部屋を出ていった。

彼女なりの心遣いだと、よくわかった。

8

影武者を立ててお蘭の襲撃をしのいだ信玄だったが、覚恕法親王の死没による落胆ぶりは激しかった。諏訪《すわ》家に養子に出していた息子の勝頼を武田に戻して館の復旧を託し、自身は床に臥せった。人前に回復した姿を見せるまでに、じつに三月《みつき》を要した。

桃十郎も、起き上がるまでに一月《ひとつき》かかった。床から出たあともなかなか太刀を振るう勘が戻らず、躑躅ヶ崎館で食客《しょっかく》の身分に甘んじながら修練に刻を費やした。

桃十郎は、吉田兼和に宛てた文をしたためた。

「鬼討伐に関して、協議したき儀あり。耶蘇《やそ》会との仲介を請うもの也」

躑躅ヶ崎館に滞在した半年近くのあいだに、桃十郎は合計四通の文を兼和のもとに送っている。覚恕法親王の正体、二種類の鬼の存在、鬼討伐の糸口などが詳細に記され、さらに北近江で小汀景光を囲う浅井長政の危険性にまで言及していた。

織田信長はもとより、いずれは長政とも刃を交える日を迎えるかと思うと、桃十郎の胸の内は重い。しかしそれが、桃十郎の選んだ道だ。桜井を名乗る男の業だ。

しかし、一度たりとも兼和から返事が届くことはなかった。焦れた桃十郎は、ついに文とともにひと抱えもある漬物の樽を吉田庵に送りつけた。元亀三年（一五七二）八月。武田信玄が上洛を表明する一ヶ月前のことだ。

京の居室で桃十郎の文に目を通し、さらに漬物樽の中身を確認した兼和は、さすがに苦笑を浮かべた。

そこにあったのは、鬼の馘の塩漬けだ。すっかり水分が抜けて幾分か小振りになったそれは、それでも異形の生き物の禍々《まがまが》しさを損なわなかった。桃十郎からすれば返事をよこさない兼和に対する恫喝だったが、兼和はまったく動じることがなかった。

「桜井殿も、おもしろいことをする」

読み終えた文を無造作に畳の上に投げ捨て、兼和は筆を取った。

「いよいよ、お見限りですかな」

三河国設楽郡《みかわのくにしたら》にある長篠城の大手門から辞そうとしていた桃十郎のもとに、信玄の息子、武田勝頼が近習を引き連れて見送りに現われた。

「賜った恩義の数々、終生忘れることはございますまい。なれど国主無の身の上、まっとうすべき約定がございますゆえ」

笠を脱ぎ、桃十郎は一礼した。それに勝頼は笑って応えた。

「つれない返事よ。これまで、幾許の大名を袖にしたことやら」

「申されるな」

桃十郎も苦笑した。勝頼とは気安い雰囲気になる。浅井長政に似た、不思議な雰囲気をまとった男だった。

武田軍が上洛の兵を挙げたのは、元亀三年十月のことである。

信玄は軍を分け、山県昌景と秋山虎繁の支隊三千が徳川家の三河国へ進み、信玄本隊二万二千は馬場信春と青崩峠《あおくずれ》から遠江国《とおとうみのくに》に侵攻した。徳川家の諸城を攻略しつつ、ここで支隊と合流した。

劣勢を覆すことができなかった徳川家康は、籠もる浜松城の目の前を武田軍が素通りしたところで、ついに挙兵を決断した。織田信長が今川義元を桶狭間に討った故事にならったものと思われるが、これは無茶をとおり越して無謀であった。

同盟関係にあった織田信長から満足な援軍を受けることもできず、戦慣れした武田騎馬軍団を前に三方ヶ原の合戦で徳川軍は惨敗した。

だが、この頃から、信玄の体調は急激に悪化していた。

甲斐で兵を挙げた時点で、実質的な指揮は勝頼に託されていた。しかし、信玄あってこその武田軍である。士気を鼓舞するための象徴として、常に行軍の先頭にその姿があった。

年をまたいだ元亀四年三月末、信玄はついに激しく喀血し、床に伏した。設楽郡にある徳川家支城のひとつ、長篠城を攻略した直後のことだ。

桃十郎は出陣のそのときから、信玄の主隊に帯同していた。しかし、国主無の立場を貫き、徳川家の支城攻略や三方ヶ原合戦には参戦していない。とはいえ、信長がふたたび鬼を送り込んでくる可能性もあり、そうなれば合戦の趨勢にかかわらず刀を抜くことになるはずだ。

桃十郎の出番は、最後まで訪れなかった。

信玄はこの地で息を引き取ることになるかもしれない。甲斐に戻るだけの体力も、すでに残っていないように見えた。

いましばらく武田家につき添いたい気持ちもあったが、いよいよ届いた兼和からの文が、出立を決意させた。

「織田は足利将軍を都より放逐の後、小谷に浅井を討つ算段なり。動乱近く、鬼が投入さる公算高し。急ぎ戻られよ」

書面には、そう記されていた。桃十郎の気を逸らせるにはじゅうぶんな内容だった。

「では、これにて」

ふたたび桃十郎は勝頼に一礼し、街道を歩きはじめた。勝頼は、街道のむこうに桃十郎の後ろ姿が見えなくなるまでその場に留まり、見送った。

桃十郎は、黙々と街道を歩いた。

お伊勢参りでもするのか、のんびりした足の旅装束の集団を追い越したり、時折り、背中に荷物を背負った行商人たちと行き違った。

半刻も過ぎたころである。

ぴりりと、左のこめかみが疼いた。覚えのある痛みだ。ざわりと、肌が粟立った。

——生きておったか、愚直な国主無よ。

思考が、桃十郎の頭のなかに流れ込んできた。

覚恕法親王。

桃十郎はいつでも抜けるように腰の色不異空に手をかけた。

——そちを獲って喰らうつもりはないと申したであろう。

なんの保証にもならない言葉を根拠に、覚恕の意識は嗤った。

――きょうは、友と古き日の約定を果たしに参ったのみ。諍いは無用じゃ。野暮はするでない。

桃十郎は〝気〟を研ぎ澄まし、その出所を探った。

わからない。

正面からやってきた修験者《しゅげんじゃ》らしき数十人の集団とすれ違ったときには、このなかに姿を変えた覚恕が紛れているに違いないと確信したが、その気配を探り当てることはできなかった。

その集団が長篠の宿場町に到着したのは、日が西に傾きはじめた頃だ。

宿の連なる通りを抜け、長篠城の大手門の前を横切るように進んだ。

深い笠を被って顔を隠し、錫杖《しゃくじょう》を突いて黒い装束をまとった僧がひとり、修験者の集団からわずかに外れて大手門の前で立ちどまった。

門扉の左右に、番兵が立っている。そのひとりが形ばかりに手にした長槍を掲げ、声をかけた。

「御坊《ごぼう》、何用か？」

「拙僧、西国より罷り越した、八戒坊《はっかいぼう》と申す」

番兵に歩み寄り、僧は簡潔に名乗った。

「こちらに武田信玄公が御在泊と聞き申す。なれば、献ずべき品がございますれば、お取り次ぎくだされ」

八戒坊は静かな口調でそう言い、小さな包みを番兵に差し出した。番兵がそれを開いて検めると、三巻の経典だった。

「御坊、これは……」

番兵が経典から視線を戻したとき、すでに八戒坊の姿はもといた修験者の集団のなかに紛れて、見分けがつかなくなっていた。

「ふむ……」

報告を受けた勝頼も、首を傾げるよりない。とはいえ、持ち込まれた経典は、いずれ由緒正しい貴重な品に見えた。

勝頼は三巻の経典を手に、信玄の寝所に使用されている御殿を訪れた。

「勝頼にございます」

「入れ……」

襖戸の前で名乗ると、消え入りそうな信玄の声が応えた。勝頼が襖戸を開いて寝所に入ると、十二畳間の中央に敷かれた寝床で、血の気のない顔色の信玄が横になったまま勝頼に首を巡らせた。

「父上……」

気持ちを表に出さないよう勝頼は表情を引き締めた。信玄の具合は、いよいよ芳しくない。きのう見舞ったときより、さらに衰弱が進んでいる。一両日が峠になると、直感した。

「いましがた、門外に八戒坊と名乗る僧が現われ、これを残して去ったとか。お心当たりはございますか？」

言いながら、勝頼は三巻の経典を差し出した。

それを眼にした瞬間、いままでの憔悴ぶりが嘘のように信玄は寝床から勢いよく上半身を起こした。

経典を手に取って、まじまじと見つめた。

「まさか……、信じられぬ……」

うわごとのように呟いた。

碧巌録《へきがんろく》。

経典三巻の表紙には、そう記されていた。

在りし日、躑躅ヶ崎館で碁盤を前に覚恕に請うた、信玄今生《こんじょう》の願い。

それがいま、目の前にある。

「法親王様……」

経典を胸に抱きしめた。ぽろぽろと、涙を流した。

それから三日後。

信玄は息を引き取った。

第四章　密使駆ける

1

天正《てんしょう》元年（一五七三）八月、織田軍は虎御前山《とらごぜんやま》に本陣を構えていた。

虎御前山は、小谷山麓の浅井屋敷を挟んで一里に満たない指呼の間にある。ここから信長は総勢三万の全軍を指揮し、小谷山の峰に連なる詰め城の小谷城全域を包囲させた。

対する浅井はわずか五千の手勢にすぎないが、かねてより浅井家と誼《よしみ》を通ずる越前守護朝倉家の軍が二万の兵を小谷城最奥の大嶽砦《おおずくとりで》に配しており、これだけの兵が籠もる山城の攻略は容易ではない。

しかし八月十二日、嵐の襲来を勝機として織田軍が大嶽砦に兵を寄せてみると、思いの外に抵抗は弱く、翌日には朝倉の全軍が撤退を開始した。朝倉義景の求心力が家内で急速に低下しており、戦線を維持できなくなっていたのだ。

「朝倉を討つ」

朝倉軍が潰走した夕刻、諸将を集めた評定の席で、信長は迷うことなく号を発した。

織田軍本陣が虎御前山を引き払ったのは、長政にとっては意外というよりなかった。

朝倉軍が撤退して守りが手薄になったいまこそ、怒濤の勢いで小谷城本丸まで攻め込んでくるものと身構えていた。ところが織田軍は即座に朝倉軍追撃に移り、浅井の諸将はそれを呆然と見送ることになった。

信長の真意はどこにあるのか。それを読み誤ると、取り返しのつかないことになる。このところ、長政にとっての誤算がつづいており、今後の策に思いを巡らせてなかなか寝つけぬ時間を過ごした。

いまの長政の寝所は、小谷城天守二階にあった。

織田軍が小谷に兵を寄せて以来、長政たちは麓の屋敷から小谷城の曲輪に移って籠城をつづけている。地上二階地下一階という小振りな天守は、浅井家の親族が寝起きするための居室は限られており、長政は正室である市と寝所を同じくした。隣室に、萬福丸、茶々、初《はつ》、生まれて間もない江《ごう》、そして江に添い寝する乳母の梅が寝起きする。天守二階にはこの二室しかなく、同じくこの天守に籠もる父久政《ひさまさ》と母阿古《あこ》は、一階の奥の間で寝起きしていた。

「お休みになれませぬか」

もうすぐ日が変わろうという亥《い》の刻、長政が寝床の上で何度目かの寝返りを打ったとき、隣で横になっていた市が潜めた声で囁いた。城外は蟋蟀《こおろぎ》の鳴き声で騒がしいが、雨戸も閉ざされた暗がりの室内は、わずかな声でも鮮明に届いた。

「ああ、どうにも織田殿の考えるが解せんでな」

「兄のうつけぶりは、いまにはじまったことではございません」

いかにも慣れたもの、という風情で市が応じた。手探りで、横に落ちて乱れていた寝巻きを長政の肩にかける。

「いまはお疲れにございましょう。英気を養うも将たる者の務めにございますよ」

「そのとおりよな」

市の柔らかな声に、長政は破顔した。しかし、言われてすぐに寝つけるものでもない。

「散歩でもせぬか？」

他愛のない思いつきを口にしただけだったが、おもいがけず市が「ようございますね」と追従《ついしょう》したため、ふたりで羽織をまとった軽装で天守正面戸口の扉を開いた。初秋のひんやりとした夜気が流れ込んできて、首筋に心地いい。

すぐ外で、夜番の若い足軽が槍を片手に立っている。畏まろうとするのを長政が「よい」と制して石段を下り、天守前の広場に出た。

これといった目当てもなく、ふたりは本丸曲輪を歩き回った。長政が先に立ち、わずかにうしろを市がつづく。

どれくらい、そうしていただろう。唐突に長政が脚をとめ、雲ひとつない夜空を見上げて口を開いた。

「朝倉に敵する織田殿を討つべしと強硬に主張されたのが、他ならぬわが父。それに理《ことわり》ありと思えばこそ、わしも軍を挙げ、金ヶ崎まで参じた。これが織田殿との諍いの、すべての発端。しかも事情はすでに浅井朝倉と織田の優劣などという瑣末《さまつ》なものでない」

長政がなにを語ろうとしているのか、市は無言でつづきを促した。

「なれど、市のことを思えば、あるいは兄上に講和を……」

「お戯れを」

言いきるのを待たず、市が柔らかな声をかぶせた。

「浅井家に輿入れしたその日から、政争の具となるときが来ることは覚悟しておりました。しかしいまのお館様のお言葉がご本心でないことも、市は承知しております」

「…………」

市は、揺れる長政の胸中を見抜いている。その迷いに自分の存在が影を落としていることも承知していた。だからこそ、ゆるがない態度で言葉を紡いだ。

「兄信長とことを構えるにいたった非業《ひごう》を受けとめつつ、お館様の室としての務めを果たす所存にございます」

「いや。市はわしの妻じゃ。子らの母じゃ。どのような事情であれ、政争の具とはさせぬ」

「お心配り、身に沁みてございます」

わずかに、市は頭《こうべ》を垂れた。

そして。

「お館様、兄をお斬りなさいませ」

市は、当世において希有なる美貌の持ち主として知られる。彼女が凛とした表情で覚悟のほどを述べると、そこには流石は信長の妹と思わせる凄みがあった。

「よいのだな?」

念を押すように、長政が問うた。

「お館様のお心のままになさりませ。どのような道を選ばれようと、わらわはそれについて参ります」

市の言葉には、誰にも突き入る隙を与えないほどの長政に寄せる信頼が滲んでいた。

追撃開始からわずか二日後の八月十五日、織田軍は越前国一乗谷までなだれ込み、朝倉家の拠点は灰燼《かいじん》に帰した。その後も義景は逃亡をつづけたが、八月二十日、家臣らの裏切りに遭って無念腹《むねんばら》を切った。

朝倉家を滅ぼした信長は、軍勢をふたたび小谷にむけた。

2

八月二十四日、桃十郎がふらりと姿を現わしたのは、京から近江国につながる街道筋である。

そのうらぶれた一画に、「萬屋《よろずや》」の看板を掲げた小汚い古道具屋がある。まともな客が脚を運ぶとも思えないあばら屋の暖簾を、桃十郎はくぐった。

「御免」

薄暗い店内に人の気配はなかった。

店内は左右の壁と床の中央に棚が置かれ、鋤《すき》や鍬《くわ》などの農耕器具や合戦跡から拾い集めてきたらしい使い古しの甲冑や太刀が、雑然とならべられていた。

「榎爺《えのじい》、いるか？」

桃十郎は声を張り上げた。引き戸の奥で人の動く物音があった。

「おう、桃か」

戸が開き、奥の間から、いかにも不機嫌そうな小柄な老人が姿を見せた。榎爺だ。頭はつるりと禿げ上がり、耳が大きい。七福神の大黒天が病的に痩せたら、こんな姿になるだろうか。腰が曲がり、その背は桃十郎の腰までしかない。歳の頃は優に七十を越えるが、眼光の鋭さは現役の国主無と伍する。

「遅かったな。客人がお待ちかねじゃ」

榎爺は顎をしゃくり、土間がつながる店の奥を示した。

奥の間は、榎爺の居室だ。六畳間ほどの広さがある室内は床上げされておらず、足元は土間となっている。入って左手の壁沿いに木箱が土台代わりに積まれた上に、煎餅布団が万年床となって饐《す》えた臭いを放っていた。中央には脚の長い卓を挟んで二脚の長椅子が置かれ、奥の壁に面して窯が設えられている。

下座の長椅子に、ひとりの男が腰掛けていた。

栗色の髪に白い肌。南蛮人だ。

名は、ルイス・フロイス。耶蘇《やそ》会の伴天連である。歳は四十を越えている。

榎爺はフロイスの前を通りすぎて土間の奥の窯にむかい、湯を沸かしはじめた。

その壁のむこうには、工房があった。窯の右手に出入り口があり、暖簾で仕切られている。

ここが、萬屋の神髄だ。武器職人でもある榎爺が、国主無の求めに応じてどんなものでも造る。

桃十郎が依頼していた得物も、すでに完成しているはずだ。

フロイスは桃十郎の姿を認めて長椅子から立ち上がり、頭を下げた。

「桜井様、お待ちしておりました」

フロイスは流暢な大和言葉を話した。

「お報せすべき事柄がございます」

「お聞かせ願おう」

桃十郎は小さく頷き、卓を挟んでフロイスにむかい合う長椅子に腰を下ろした。

「数日前、朝倉様が越前国で織田様に討たれたことはご存知ですね。そしていよいよ、織田様は鬼兵を使うおつもりです。岐阜城に、遣いの者を放ちました」

「小谷で鬼を使うと?」

「そうです。間違いありません。すでに一群が岐阜城を発っていることでしょう。その到着を待って、小谷城に攻勢をかけるものかと。このことは、すでに吉田様もご承知です」

「やはり、鬼に鬼をぶつける、か……」

フロイスの言葉に、桃十郎は思案気に右手を顎に添えた。

鬼を根こそぎ討つ。

桃十郎の決意は、甲斐国で覚恕法親王と見《まみ》えて以降、より強いものになっていた。討ちつづければ、いずれあの鬼ともふたたび見えるはずだ。

世情は目まぐるしく動いている。嵐の中心にいるのが、鬼兵を囲う織田信長。さらに、信長のむこうを張る浅井長政も人の姿の鬼を囲う。ここで下手を打つわけにはいかない。

そこで桃十郎が目をつけたのが、耶蘇会の伴天連、ルイス・フロイスだった。

引き合わせたのは、吉田兼和である。桃十郎が求め、五月の末に実現した。

耶蘇会と吉田神道は対立関係にない。耶蘇会こそ唯一の絶対神である基督《キリスト》を信奉する教えだが、その一方の神道は、あらゆるものに八百万《やおよろず》の神や精霊が宿るとする万物信仰であり、基督もそうした神のひとつと鷹揚に捉えている。そこで異を唱えて敵視されるよりも、柔軟に現地の宗教や風俗を取り込んで、教えを変容させつつ信者を獲得するという方針を、耶蘇会はとっていた。一度手なずけてから、徐々に洗脳すればいい。フロイスはその腹芸を使いこなして、信長から国内での布教の許しを得ていた。

フロイスなら尾張国《おわりのくに》から近江国にかけて、中立の立場でなんの障害もなく行き来ができる。桃十郎の求める情報を集めるのに、うってつけの人材なのだ。さらに耶蘇会からしても、日本国《ひのもとのくに》が鬼に支配されるのは具合が悪い。両者の思惑が重なり、フロイスは桃十郎の求めに応じた。

窯で沸かした白湯を注いだ三人ぶんの器を、榎爺が運んできた。

「どうやら桃以外に、浅井に鬼にありと考えていた男がいるようじゃな」

榎爺は不揃いの茶碗をそれぞれ桃十郎とフロイスの前に置き、最後に自分用の上等な湯飲みを手にしたまま、むかい合うふたりを横から眺めるように万年床に腰掛けた。

「小谷に鬼が潜むと見越してのことなら、織田様が浅井様との決着を棚上げにして先に朝倉様を討たれたのも、納得がいきます。織田様はたぶん、小谷城攻略を天下統一の分水嶺《ぶんすいれい》と見定めておいでなのでしょう」

　フロイスが同意した。

　しかし、桃十郎の表情が渋い。

「フロイス殿、先達《せんだつ》て、浅井に小汀景光のほかに鬼はなしと申しておられたな」

「そうです。わたくしは、小汀様が鬼かどうかも……、まだ確信がありません」

「小汀景光が鬼。人にして人にあらざる鬼。これは動かん。だからこそ、浅井は鬼の弱点を知って待ち構えている」

　ふむ、と頷いた榎爺が桃十郎に首を巡らせた。

「で、桃よ、そろそろおまえの本音を言わんか」

「本音？」

「心情では、浅井に肩入れしたいのであろう。されど、浅井を強引にも表裏比興《ひょうりひきょう》の者に仕立てておらんか？　建前はもういい。見ているこっちが焦れるわ」

「榎爺は、小汀景光と対面しておらんから、そう言える」

　覚恕や景光の、あの脳の髄を弄るような不快感は、経験した者にしかわからない。しかも、長政も守護大名である六角氏を追い落として北近江の覇権を握った喰わせ者だ。一面的な情だけで断じるわけにはいかない。

そのときだった。

唐突に気配を感じた。まず桃十郎が、次いで榎爺がそれに気づいた。

引き戸で隔てられた萬屋の店内からだ。いきなりその存在があらわになった。

桃十郎は平然とした表情で、音もなく腰を浮かせた。

榎爺も寝床からふわりと立ち上がった。手にはいつの間にか匕首を握っている。

「え?」

なにもわからないフロイスひとりが、きょとんと、ふたりを交互に見やった。

3

「凪、入ってこい」

桃十郎が声をかけた。戸惑う気配が伝わってきたのは、一瞬だ。がらりと音を立てて、引き戸が開かれた。

「さすがはお師匠、お久しぶりにございます」

わずかでも動揺を悟られないよう、凪は硬い口調で挨拶した。

「なんと!」

一拍遅れて、榎爺が叫んだ。

かれこれ一年半、凪は消息を断っていた。鬼に関する仕事のさなかだったと、榎爺も聞いている。すでに命はないものと解釈していた。それが唐突に姿を現わしたのだ。

「師匠と呼ぶな」

桃十郎は顔をしかめた。

事情を知らないフロイスは、凪と桃十郎、榎爺を交互に見やり、それからわれに返って長椅子から立ち上がった。

「初めまして、ルイス・フロイスと申します。お見知り置きを」

「国主無の凪にございます」

初対面の南蛮人に臆することなく、そのまま何食わぬ顔で長椅子に腰を下ろす。泰然としている桃十郎、ぽかんと口を開いたままの榎爺、そして事情がわからず戸惑いながらふたたび腰掛けるフロイスが三者三様の態度を示すなか、凪はにこやかに三人を見回した。

「歓迎されてないのかしら？」

一転して砕けた調子で、凪が首を傾げてみせた。

「招かれていないことだけは、たしかだ」

「冷たいのね」

素っ気ない桃十郎の返事に、凪がわざとらしくしなを作った。

「一年の余にわたり国主無の仕事を放って、なにをしていた？」

「国主無の仕事を放って……？」

桃十郎の指摘に、凪はわずかに言葉を詰まらせた。

「じつは、なにも覚えていない」

「覚えていない？」

桃十郎が眉間に皺を寄せた。最後に凪と顔を合わせたのは、すでに数年前になる。記憶の不確かな部分もあるだろう。しかし、それでは説明のつかない違和感を、桃十郎は凪に感じていた。

「吉田殿から聞いている。凪に坂本城の情報を探るよう依頼したが、消息を断ったと。一年半前の話だ」

「わたしが、坂本の情報を探っていた……」

凪は記憶の糸をたぐろうとしているようだが、わずかな間を置いてかぶりを振った。

「思い出せないわ」

「これまでどこにいた？」

桃十郎は問いをかぶせた。

「坂本。明智の屋敷で世話になっている」

凪は素直に答えた。それが当たり前だ、という態度だ。

「明智は、凪の正体を知ってか？」

「光秀の娘婿の左馬之助が、わたしの素性を伏せて坂本城に置いてくれている。だから、左馬之助に雇われたのかと思っていた」

「なら、訊くぞ」

榎爺がしらじらしく凪のすぐ横に座り、ぴたりと密着した姿勢で人差し指を立てた。

「叡山に落ちた光の球が坂本城に運び込まれたと聞く。その正体を掴んだか？」

「それは、言えない」凪は即答した。「雇い主の秘密を簡単に明かすと思う？」

本末転倒な話ではあるが、吉田兼和に雇われた記憶を失っているらしい凪にとっては、筋の通った主張だった。

「つまり、明智の用事でここに来たというわけだな？」

桃十郎が問うた。

「ええ。織田が師匠に興味を持ってるから、それを伝えるために来たの」

「織田殿が？」

初めて、桃十郎の表情に変化があった。

「鬼兵を斬った、ただひとりの男。興味を持って当然でしょう。厄介な国主無が敵に回るより、味方にしておいたほうが面倒がない、ということね」

「さすが信長、割り切りが早いな」

榎爺が愉快そうに笑った。

「もし興味があるなら、延暦寺まで来て。明日の午未《うまひつじ》の刻」

「すみやかに推参せよ、ということか」

桃十郎はひとりごちた。考える時間を与えないために、あえて浅井を攻め滅ばさんというこの時節に凪を送り込んできた。そう解釈できる。

「どうなさるおつもりです？」

フロイスが返答を促した。

「話を聞こう。決を下すは、それからでも遅くない」

「ただ、気をつけて」

思い出したように、凪が言った。

「いま、織田家の内部は一枚岩じゃないの。いろんな思惑が入り乱れているわ。諸手をあげて歓迎されるとは限らない。とくにお蘭は、雪辱を果たそうと機を窺っているはず」

「お蘭……」

桃十郎は、甲斐の躑躅ヶ崎館で見《まみ》えた少女のことを思い出した。小汀景光や覚恕法親王と同じ、人にして人にあらざる鬼だ。とんだ虎穴が桃十郎の目の前に口を開いていた。

「それじゃ、わたしは帰ります」

凪は立ち上がった。

形のいい尻が目の前にきて、それを惚れ惚れと見つめながら榎爺が問うた。

「坂本へか」

「そう。いまは、あそこがあたしの家」

「いいご身分じゃのう」

「それでは、失礼」

素っ気なく、凪は榎爺の居室から出ていった。三人の男たちはそれ以上引き留めようとせず、黙って凪を見送った。

気配が完全に消え去るのを待って、榎爺が口を開いた。

「あれは、なにかの暗示にかかっておるのかのう？」

フロイスはその意味が理解できず、「え？」と首を傾げた。それに応じて榎爺が言葉をつづけた。

「会話もできるし、自分の意志で判断もする。そう見えるが、なにかに操られているようにも見えた。しかも、本人がそれに気づいていない」

「同感だ」

そう言う桃十郎の表情は、わずかに思案げだ。

国主無としての心得を教えてやった娘だ。できるものなら救い出してやりたい。それくらいの情はある。しかし、明智の元で無事に暮らしているのなら、当面はそれでいい。

それよりも、たったいま凪本人がもたらした報せにより、火急の用を抱えてしまった。

「九分九里、罠じゃな」

桃十郎の思考を先回りするように、榎爺が簡潔に結論を口にした。

「じゃが、その罠にあえて飛び込む気じゃな？」

榎爺の問いに、桃十郎は薄い笑みを浮かべた。

4

「いよいよ進退窮まったかな」

織田軍がふたたび小谷城の四方を囲み、まさに動きを封じられた状況だったが、戦装束に身を包んだ長政の声はからりとしていた。

「とまれ、朝倉殿の不甲斐なさは、さすがに見当が外れたわ」

からからと、笑った。

「お館様、なにを呑気に申されるか」

燭台の灯のなかで長政を諫めたのは、赤尾清綱である。合戦を前に飄々と振る舞うのが長政の常だが、きょうはなにか思うものがあるのだろうと、清綱は察した。

小谷山の本丸天守、評定の間でのやり取りだ。近習を含めた下々の兵たちを下がらせ、ここにはいま、長政のほかに四人の浅井家家臣のみが残っている。下座の清綱の横には、同じく浅井三将に名を連ねる雨森《あめのもり》清貞、海北綱親《かいほうつなちか》がしかめた表情で座していた。この三人はすでに還暦を超えた老将で、これに連座する遠藤喜右衛門《きえもん》は、干支でひと回り若い。

八月二十六日、戌《いぬ》の刻をわずかにまわった頃合いである。日没後の初秋の風が閉ざされた天守の鎧戸を打ち、一定の拍子を取ってかたかたかたと鳴らしていた。

焦れた表情の清綱が、上座の長政ににじり寄った。

「本日、織田軍本隊が虎御前山に帰着し、わが方を包囲する勢力は総勢三万まで膨らんでございまする。明日には岐阜より鬼兵の一隊も到着とのこと。われら五千の兵力では、もはやもって数日。猶予はありませぬ。一刻も早いご決断こそ肝要かと存じまする」

切羽詰まった態度の清綱に、しかし長政は苦笑を浮かべて応じた。

「相変わらずの勿体ぶった物言いよな。なにを決断させたいのじゃ？」

「お家存続を思えば、いまからでも織田殿の軍門に降るも一策。他方、死地に臨んで一矢報いんとせば、いまだ織田軍の守り固まらざるいまこのときより打って出るも一興。なれど、いたずらに刻を紡ぐは、機を逸し万策滅するばかりではございませぬか」

清綱は胸の内を一息に吐き出した。

「某も、赤尾殿と同じ所存にござりまする」

海北綱親が清綱に加勢した。その横で、雨森清貞も黙って顎を引く。そこに遠藤喜右衛門が割って入った。

「お待ちくだされ、御三方」

「なんじゃ、喜右衛門」

綱親が殺気立った表情で振り返った。それに動じることなく、喜右衛門は淡々とつづけた。

「お館様は、いまも腹案をお持ちの御様子。その胸の内を伺いとうござりまする」

促すような口ぶりに、長政は深く長く息を吐いた。

「焦れる思いは、わしも同じよ。しかしな、まだ駒が揃わぬのじゃ」

「駒、と申されましたか?」

清貞が訊いた。

「さよう、駒じゃ。わしの目に狂いなくば、近々に、御老体にひと働きしてもらわねばならぬ」

「お聞かせ下さりますかな？」

清綱がつづきを催促した。

「近《ちこ》う寄れ」と長政は四人の家臣を手招きし、膝を詰めた家臣に秘策を開陳した。

「なんと！」

「お館様、それはなりませぬぞ！」

「首尾よくいかねば、なんとなさいます！」

三将が、口々に反対の声をあげた。喜右衛門は、「なんという大博打」と小さな声で呟いた。

「博打なしに、道は開けぬのじゃ」

初めて、長政が苦悶の声を漏らした。

「必要とあらば、いつでもわしの馘をくれてやる。なれどいまは、それでは足りぬのじゃ。織田に勝ち、鬼を討つため、必要な血と承知してほしい」

「…………」

長政が噛んで含めるように説くと、三将は返す言葉もなかった。

納得はできない。しかし、受け入れざるを得ない。それが三将の置かれた立場だった。

「案ずるな。わしの目に狂いなくば、博打に勝つのはわしよ」長政は言いながら立ち上がった。

「御三老は、務めを果たされよ」

策を示し、その役割も明かされたことで、評定は終わった。

「わしは寝る」

家臣たちを残し、ずかずかと豪快な足音を立てて長政は評定の間を出た。

廊下から上階に進み、妻子が控える寝所をめざした。今宵は、あれこれを言い含めねばならない相手がたくさんいる。むしろ、これからが厄介だ。

「市、おるか」

燭台の明かりがぼんやりと浮かぶ障子戸を開けると、奥の壁を背に覚悟の光を瞳に宿した市が畳に腰を下ろし、その右脇で茶々が長政を眠そうな眼で見上げていた。初と江は、隣室で寝巻きに包まれてすでに寝入っている。萬福丸はまだ床につかず、隣室に控えていた。

「萬福丸、これへ」

「はい」

呼ばれて、萬福丸が父母の寝所につながる障子戸を開いた。戦国大名の嫡男とはいえ、その挙措はまだ幼い。しかし、父や浅井家が置かれた状況は、十分すぎるほどに理解していた。

「お館様……」

長政が正面に腰を下ろすのを待って、市が口を開いた。

「いよいよ、お覚悟をお決めになられたのですね」

「それよ……」

長政は、まっすぐに見つめてくる市と目を合わせることができなかった。気まずそうに天井を見上げ、頭をぽりぽりと掻いた。どうにも、戦国の猛者《もさ》を相手にするのとは勝手が違う。

「萬福丸に、御家《おいえ》の大事を託すことにした。首尾よく運べば、浅井家に、いや、人の世に活路をもたらそうぞ」

本題をうまく切り出せず、外堀を埋める話題になった。

「首尾よく運ばざれば、いかがいたします？」

長政の意を察して、市が質した。

「市は、娘三人を連れて、兄上のもとに参れ」

「なにを申されますか！」

いきなり市の声がうわずり、悲鳴のようにきんと天守に響いた。幸運にも寝入っているふたりの娘たちは目を覚まさなかったが、すぐ横にいた茶々は母の豹変ぶりに目を丸くしている。

「市、此度の諍いは、信長殿と浅井家一門の因縁。見込み違いがあれば、わしは死ぬ。それはいい。だが、市が死ぬ必要はない。茶々らのためにも、永らえる道を選んでくれぬか」

じつのところ、長政は女子《おなご》の説得が得意ではない。神仏に祈る気持ちで偽らざる心情を説いたが、果たしてそれは市に届かなかった。むしろ、それ以上の強い想いが返ってきた。

「非道《ひどう》にございます、長政様……」

市の声に涙が混じって揺れた。長政のことを「お館様」でなく、名で呼んだ。

「長政様、わらわは浅井の人間ではございませぬか？　長政様の妻ではございませぬか？　この子ら、長政様のお子の母ではございませぬか……？」

「それを言うな、市……」

長政は言葉に詰まった。

過日、市は長政にむけて「お心のままに」と口にした。そして長政の立場なら、市に「ゆけ」と命じればこと足りる。しかし長政は、それを好まなかった。側室も持たず市ひとりを慈しめばこそ、道理を説いて容れてもらいたかった。それが、長政の不器用な男気《おとこぎ》なのだ。さめざめと泣く市を前に、長政は自分の無能を呪った。

母が泣き崩れる理由が理解できない茶々が、長政に恨めしそうな視線をむける。寝息を立てるふたりの娘ともども、不憫でならない。

「母様《ははさま》」

それまで口を閉ざしていた萬福丸が、両親の会話に割って入った。

「私が、お役目を立派に果たして参ります。お心安らかに」

「萬福丸……」

歳に似合わぬ大人びた萬福丸の言に、市は嗚咽を漏らしつつ何度も頷いた。

いよいよ長政の胸が熱いものでいっぱいになった。分不相応な果報者よな、と長政は涙を堪えた。

そこに、わざとらしく足音を立てて、ひとりの男が階段を駆け登ってきた。

「御免仕る」

静かに障子戸が開かれた。城内の男どもがすべからく戦装束に身を包んでいるなか、この男ただひとりが作務衣《さむえ》姿である。

小汀景光。

「ルイス・フロイス様がお着きでございます」

「！」

長政の表情が一変した。

「市、喜べ！　大博打の前哨戦は、われらの勝ちだ！」

5

驚いたことに、明智光秀が会見の場に待ち構えていた。

比叡山延暦寺東塔、根本中堂である。

僧兵から在家信者にいたる門徒が根こそぎの殺戮にあってから、もうすぐ丸二年になる。以来、境内を管理する者もなく、目につくあらゆる場所が荒れ放題だった。焼け崩れた根本中堂は、修繕されることもなく風雨に晒され、堂内まで猪や狼、野良犬の類が入り込んでそこかしこが泥にまみれている。

からりと晴れた空が蒼く心地いい。暑くもなく寒くもない、絶妙な天気だ。太陽が真南からわずかに西に傾いた、午未の刻である。

桃十郎は、かつてこの場で繰り広げられた凄惨な光景を眼にしていない。しかし、不思議とその脚は根本中堂にむいた。目の前は、鬼の鉄船が地面に突き刺さって屹立していた場所だ。その跡は整地されることなく、大きな穴を穿ったまま下草が繁茂するに任せている。そのむこうはガラス質となった溝が麓まで残り、ここだけは逆に草木も生えない寒々しい光景が開けていた。

崩れたまま放置されている南扉の大振りな破材に、落ち着かなげに周囲を見回す明智光秀が腰掛けていた。

やはり罠か。

そう思いかけたが、それをすぐに打ち消した。

ここで罠を仕掛けるなら、間違いなく鬼兵を忍ばせるはずだ。

しかし、いまは近くに鬼の〝気〟を感じない。

光秀から視線を逸らさず、ゆっくりと歩いた。

桃十郎に気づいた光秀が焦れて何度も立ち上がりかけ、思いとどまって腰を下ろす。ようやく桃十郎が近くまで寄ったとき、すでに光秀の額には青筋が何本も浮かび上がっていた。桃十郎は腰から色不異空を鞘ごと抜いて杖のように正面に突き、挨拶のひとつもなく光秀にむかい合う位置で破材に腰掛けた。

「国主無とは、礼儀作法のひとつも心得ぬか」

いよいよ我慢ならなくなった光秀が、開口一番から辛辣な物言いをはじめた。対照的に桃十郎は、苦笑を浮かべた。

「これはご挨拶だな」

静かに光秀を煽った。

「自惚れもたいがいにせい！　織田家家臣にして坂本城城主たるこのわしが、ここにひとりでやってきた理由が、わかるか？」

「ご用向きのほどを、伺おう」

一方的にまくし立てた光秀の苦言を意に介さず、桃十郎は本題を問うた。光秀の左眉が小刻みに痙攣した。

「わしに……、仕えよ」

光秀が、苦渋の決断を吐露するように、声を絞りだした。

「当家にて、召し抱えてつかわす」

「ひとつ、訊きたいことがある」

桃十郎は、細めた眼で光秀を見据えた。

「なぜ、某を雇う気になった？　卑しき国主無風情であろう？」

「われらが主君、織田信長様の御意向である。甲斐国にて鬼兵を斬り伏せしその腕、まことみごと。格別の計らいにて、わしがこの場に推参した。その名誉に浴するがよい」

うわべの言葉だった。光秀の本音を引き出すべく、桃十郎はさらに挑発の言を連ねた。

「安く見られたものだな。その御意向とやら、織田殿が某を召し抱えるという話であろう？　何《なに》故《ゆえ》、貴殿に仕官する話に擦り替わる？　さては明智殿、仕えし主君に二心《ふたごころ》ありしか？」

「なにを言うか！」

痛いところを突かれて、光秀の顔が一気に青黒くなった。

「織田家への忠義を尽くせばこそ、わしに仕官せよと申しておる！　お蘭と貴様を一家中に置けば、織田家を揺るがす大事となろう。それは、断じてさせぬ！」

われ知らず、光秀は胸中を晒した。

「大した忠義だな」

桃十郎は鼻で嗤った。

「この下郎が！」

いよいよ、光秀の堪忍袋の緒が切れた。腰の得物に手をかけた。

しかし。

「光秀殿、館に戻られよ」いきなり、鋭さを帯びた口調で桃十郎が言った。「次の客が来たようだ」

「なに？」

険しい表情で、光秀が境内を見回した。

「お蘭か!?」

罠は、仕掛けられていた。光秀も与《あずか》り知らぬ罠だ。

木立が薙ぎ払われて麓まで開けた視界の左右は、うっそうとした森が山の斜面に広がっている。

獣や鳥たちがただならぬ〝気〟を察して身を潜め、いっさいの物音を断っていた。

機を逃した。

「どうやら、逃げ損ねたようだな。あんたも運が悪い」

「ちぃっ！」

光秀は事態を察し、腰の太刀を抜いた。

桃十郎も深く息を吐き、悠然と色不異空を鞘から抜いた。

ひとつ。ふたつ。

森から漂ってくる気配を数えた。左右に散っている。

爆発的に、殺気が膨らんだ。

木立が鳴った。

ふおう。

鬼兵が吼えた。

6

左の木立の陰で、見覚えのある虹色の光が瞬《またた》いた。その光がすっと横に流れ、次の瞬間に真上に見上げる高さの杉の樹が一本、葉を揺らして傾いた。

倒れてくる。

桃十郎にむかって。

違った。

わずかに傾いたところで、弾かれたようにものすごい勢いで桃十郎に投げつけられた。右に跳んだ。身を投げだし、群生する芒のなかを転がって巨木を躱した。その直後に、桃十郎が立っていた場所を杉の巨木が抉った。

すぐ近くにいた光秀は、反応が遅れた。幹の直撃こそ免れたものの、突き出した無数の枝に足元をすくわれ、巨木が根本中堂の回廊の外壁に激突するのに引っ張り込まれた。粉塵を舞い上げて板張りの壁が崩れる。光秀はその破材に埋もれた。

桃十郎は芒の上を転がった勢いを殺さず、素早く立ち上がった。

〝気〟の動きを追って空を見上げた。

青空を背景に、巨大な黒い影が桃十郎めがけて舞い降りてきた。その手に握られた金属棒が、禍々しい虹色の光を放つ。

着地と同時に鬼兵は得物を振り下ろした。これを喰らってはいけない。反射的に背後に跳び退り、光棒は空を切った。

さらに数撃、鬼兵が振るい、桃十郎は跳びながら躱しつづけた。その都度、芒が光に撫でられ、その穂先が大量に宙に舞う。

桃十郎は跳びながら色不異空を左手に持ち替え、懐から小振りな銃を取り出した。種子島伝来の火縄銃を参考に、榎爺に造らせたものだ。種子島と違い、片手であつかうことができる。火種を必要とせず、連続して二発を撃てる優れものだ。

狙いを定め、引き金を絞った。

撃鉄が火薬を打ち、火花を吹いて鉛玉が撃ち出された。間髪入れず、二発目も撃った。

思いのほか反動が大きい。

胸元を狙った一発目は大きく逸れて鬼兵の眉間に穴を穿ち、もう一発が光棒を振り上げる右手首に命中した。

その直後。

鬼兵の頭と右手首が破裂した。

ただの鉛玉ではなかった。内部に火薬が仕込んであり、命中した衝撃で破裂して標的を内側から破壊する。炸裂した鉛玉が鬼兵の鼻から上を砕き、赤黒い体液と肉片を飛び散らせた。やはり、鬼兵は内側からの損傷に弱い。

ふおおっ。

鬼兵が咆哮した。

頭が砕けても死なない。だが、鬼兵の視界を奪った。さらに、裂けた右手から光棒がこぼれ落ちて光を失った。こうなれば、屠るのは容易い。

桃十郎は銃を投げ捨てた。次弾を装填している暇はない。

荒れ狂って両腕を振り回す鬼兵との間を詰め、色不異空をかざした。

そのとき。

鬼兵の砕けた頭の上を飛び越えて、新しい影が躍り込んできた。

栗毛の鬼兵だ。頭上に振りかぶった光棒が虹の光を放つ。

咄嗟に桃十郎は栗毛の鬼兵に太刀をむけたが、横にひと薙ぎした光棒が刀身に触れ、色不異空はなんの手応えもなくふたつに割れた。栗毛の鬼兵は、最初から色不異空を狙っていた。

「くそっ」

桃十郎は、頭が砕けて暴れ回る鬼兵の右に転がった。

すれ違いざまに色不異空を手放し、鬼兵が落とした光棒を拾い上げた。ずしりと重い。柄を握ってみたが、期待した虹色の光は浮かばなかった。

光棒を捨て、深紅の鞘に収まった腰の小太刀を抜いて栗毛の鬼兵と対峙した。間はわずかに五間。視界を失って勝手に暴れ回るもう一匹の鬼兵は、ひとまず無視した。

ふおおう。

栗毛の鬼兵が、桃十郎を威嚇するように野太く吼えた。

しかし、動かない。

無闇に飛びかかってこなかった。

「ちっ」

桃十郎は舌打ちした。

桃十郎のほうが圧倒的に分が悪かった。色不異空を失い、足元も悪い。

小太刀ひと振りでなにができるか。

事態は、いきなり動いた。

ひゅうと風音が鳴った。

空を裂き、一本の矢が鋭く飛び込んできた。それが栗毛の鬼兵の右肩に命中する。さらに連続して二本、森の茂みから放たれた矢が同じ右肩と首筋に突き刺さった。正確な狙いだ。

森の茂みから、三つの影が跳び出してきた。

「助太刀いたす！」

影のひとつが叫んだ。その顔に見覚えがある。

「赤尾殿！」

飛び出してきたのは、浅井三将のひとり、赤尾清綱だった。尖端が三叉《さんさ》になった長槍を手にしている。その横を駆けてくるのは、同じく、海北綱親。腰の大小のほかに、手には鎖鎌《くさりがま》を握っていた。つづいて茂みから跳び出してきた雨森清貞は左手に愛用の弓を携え、老将の体躯には不釣り合いなほどに長く見える太刀を、その背に括りつけている。栗毛の鬼兵に射かけた矢は、弓の名手として鳴る清貞が放ったものだ。

三将の動きは素早かった。

軽快に、一直線に栗毛の鬼兵に迫る。先頭をいく清綱が三叉の槍をかざした。鬼兵はひとまず桃十郎を無視し、清綱に狙いを定めた。

清綱は一気に槍の間合いまで迫り、鬼兵の胸板に三叉を突き立てた。鬼兵はそれにかまわず、槍にむかって光棒を振り下ろした。

桃十郎が叫ぶ暇すらなかった。

まばゆい光が疾り、清綱の槍が光棒を弾いた。

「なに⁉」

桃十郎は自分の目が信じられなかった。あらゆるものを掻き消す力を持つ光棒が、清綱の槍を覆う目に見えない力に弾き返されたのだ。

うろたえたのは鬼兵も同じだった。

清綱は素早く槍を引き抜き、鬼兵の脇を抜けた。次の瞬間に清貞の射かけた矢が鬼兵の顔面に突き刺さり、上体を大きくのけ反らせた。そこに鎖鎌を手にした綱親が滑り込み、鬼兵の腹を真一文字に裂いて駆け抜けた。

浅井三将の名を世に知らしめた、一糸乱れぬ連携攻撃だ。

赤海雨《せきかいう》の雷神撃《らいじんげき》。

そう呼ばれる。

桃十郎は、新九郎が初陣を飾った野良田合戦でも、三将の戦いぶりを眼にしている。その動きはさらに磨きがかかり、もはや熟練の域に達していた。

「桜井殿」

清貞が桃十郎に駆け寄ってきた。

「これをお使い下され」

背に掛けていた太刀を、桃十郎に差し出した。

「五蘊皆空《ごうんかいくう》にございます」

「これが!?」

記憶にある五蘊皆空とはまったく違う太刀だった。柄《つか》巻きが新調されているのはともかく、鞘の長さから察して刃渡りが四尺近くある。長政に託した五蘊皆空は三尺だった。重さも刀身の反りも、別物である。これが五蘊皆空と言われると面喰らう。

「小汀殿が、鍛え直されました」

訳知り顔の清貞が、手短に語った。

「さ、お早く！」

合点がいかないが、新しい得物が手に入ったと桃十郎は割り切った。いつまでも老将に鬼の相手をさせておくわけにはいかない。

柄を握った。

ざわり。

背筋が粟立った。

右手をとおして、妖気のようなものが五蘊皆空から桃十郎のからだに流れ込んでくる。

抜いた。

眼を見張った。

鍛え直された五蘊皆空の刀身が、墨のように黒い。吸い込まれそうな、艶のある漆黒だ。

その直後。

全身に、電撃に似た衝撃が疾った。からだじゅうの神経、血管、臓腑、骨や筋肉を、縦横無尽に蠕動《ぜんどう》が駆け巡り、弄った。

そして。

五蘊皆空の刀身が、光を帯びた。

眼に刺さる光ではない。むしろ、刀身の漆黒がさらに深まったような、謎めいた光だった。

蠕動の波が、すっと引いた。

7

深く息を吸い込み、鬼兵にむかって駆けだした。

長槍を手にした清綱と、鎖鎌を振り回す綱親が、いまも鬼兵から一定の間を取って挑発を繰り返している。栗毛の鬼兵は怒りに身を任せ、交互に接近と離脱を繰り返す老将ふたりに光棒を振り回していた。

清貞の放った矢が、桃十郎を追い抜いて鬼兵に突き刺さった。

老将ふたりは、それで闘気の塊と化した桃十郎が駆けてくるのを悟った。鬼兵に接近していた清綱が、邪魔にならないよう桃十郎に道を譲って身を屈めた。栗毛の鬼兵も桃十郎の接近を敏感に察知して腰を落とした。

桃十郎が地面を蹴った。

跳んだ。

鬼兵にはむかわない。

右に逸れ、屈んでいた清綱にむかって跳んだ。右脚で清綱の背中を蹴り、高く跳躍してくの字に鬼兵に迫った。

まっすぐに迫ってくると身構えていた鬼兵は、桃十郎の変則的な動きについていけなかった。堪えきれずに上体が前のめりになり、頭上から振り下ろした光棒が虚しく空を切った。

そこに、桃十郎が飛び込んだ。

振り降ろされた鬼兵の右腕の上に舞い降りた。

斜めに振り下ろした。

五蘊皆空を。

漆黒の光が尾を引き、鬼兵の右肩から左脇にかけて疾った。

奇妙な手応えだった。肉を斬る感触ではない。刃先が触れた瞬間から、濡れた砂を斬るような反発とざらつく振動が、びりりと音を立てて両腕に伝わってきた。

そして。

鬼兵のからだがふたつに割れた。

その胸部に、薄い隙間が生じていた。光の触れた部分が一瞬でどこかに消え失せている。光棒と同じだ。

音を立てて離れ離れに転がった。

そこでようやく、桃十郎は溜めていた息を吐いた。

「桜井殿、おみごと！」

綱親が、喝采の声をあげた。

しかし、清綱は芒の上に伏して固まったままだ。

「わしを……、踏み台に……」

老将への弁明は後回しにした。まだ一匹、残っている。

二十間近く離れた根本中堂の南扉の近くで、頭の破裂した鬼兵が興奮状態で両腕を振り回していた。その近くに、光秀が生き埋めになっているはずだ。

桃十郎はまるで散歩のような足取りで鬼兵に近づき、その背後から五蘊皆空を二閃《にせん》した。

音を立てて肉片が周囲に散った。

鬼兵の〝気〟が、完全に失せた。これ以外に草叢《くさむら》に潜む鬼兵はない。

躑躅ヶ崎館での難儀が嘘のようだ。

「これが……」

桃十郎は、いまだに黒い光を放っている五蘊皆空の刀身を眼前にかざし、その妖しい光に見入った。

「鬼の力……」

そう呟いたときだった。

黒い光が霞むように薄れ、すうっと消えた。磨き上げられて黒々と地金の光沢を放つ刀身の輪郭が鮮明になった。

「桜井殿！」

投げ捨てていた五蘊皆空の鞘を拾い上げた清貞が駆け寄ってきた。そのうしろからは、清綱と綱親がゆっくりと近づいてくる。清綱は恨めしげに、桃十郎が踏みつけた腰のあたりをさすっていた。意外と根に持つ性格のようだ。

「手伝って下さるか？」

桃十郎は崩れた回廊の外壁にむかって顎をしゃくった。清貞は、桃十郎とともに瓦礫を掘り起こし、砂塵まみれの武士を引き出した。幸いにも大きな怪我は負っていないようだが、砂埃を吸い込んで派手にむせた。

そこで清貞は、初めて男の正体を知った。

「ぬ、そなたは明智の！」

眼を剥いた。

清貞と光秀は面識がある。光秀は信長に仕える以前の十年間を、越前国で朝倉義景の客分として過ごしていた。浅井家の使者として清貞が一乗谷を訪った際に対面している。そののちに足利義昭を介して光秀が織田家に身を寄せた経緯も、承知していた。いまは敵同士である。しかし、ここであらためて刃を交えるという雰囲気ではなかった。

光秀は、真新しい瓦礫のひとつに腰を下ろした。目の前に、肉片と化した鬼兵の死骸が転がっている。これだけで、ことの次第は理解できた。

そこに、清綱と綱親もやってきた。

「わしは、救われたのだな」

どこか観念した口調で、光秀は桃十郎と三将を見回した。

「このまま埋もれておればよいものを」

清貞がくさした。明らかに、掘り起こしてやったことを悔やんでいる。

「で、御三老、なぜここに？」

「おお、それよ！」

綱親が叫んだ。桃十郎に加勢して鬼兵と戦ったのは、その場の成り行きにすぎない。果たさねばならない重要な務めが、三人には課せられている。

三将が横にならび、膝を折って地面に両手をついた。深々と、頭《こうべ》を垂れた。すっかり光秀の存在は脇に追いやられた。

「お願いの儀あって罷り越しました！」

三人の中央にいた清綱が、伏せたまま発した。

「此度の織田方との決戦、浅井にお力添えいただきたく、お迎えするため推参いたしました！」

「なんと！」

突然の申し出に、横にいた光秀が声をあげた。

8

桃十郎の返事を待たず、清綱はさらにつづけた。

「われらが籠もる小谷城に、桜井様が叡山は延暦寺に訪《おとな》われるとの報せを受け、馳せ参じました。すべてはお館様のお許らい。甲斐国にての覚恕法親王様への謁見、景光殿の手によりて鍛えし五蘊皆空を持参せしも、すべては鬼討伐の大義に桜井様がご賛同なされるとの信念あればこそ。いまだ支度整わぬ浅井が織田に敗るるは、天下の大事、人の世の大事といえましょう」

さてはあの伴天連、新九郎とも通じていたか。

桃十郎は三将がこの場に至った経緯を察し、浅く溜め息をついた。しかし、すでに織田軍に包囲されているはずの小谷城から脱してまで桃十郎を請う三将には、容易ならざるほどの覚悟を感じた。

「天下の大事と申されるか」桃十郎は光秀を一瞥した。「いずれ織田の鬼が人に仇なすと？　何《なに》故《ゆえ》？」

「景光殿の申されよう、某には妄言とは思えませぬ。お館様も、これを真《まこと》と評された」

「その景光が鬼と知ってか?」

「もとより承知! なればこそ!」

清綱は即答した。その左右で伏せる清貞、綱親も同意する旨を示して桃十郎を見上げた。

「お望みとあらば、わが馘を桜井殿に差し上げまする! これを以て浅井にお力添え下され!!」

清綱は鬼気迫る迫力で桃十郎に訴えた。清貞、綱親は清綱の言葉に一瞬だけ驚いた顔を見せたが、その直後には追随するように「某も!」と声を重ね、三人は切腹の意思を示すように腰の小太刀を鞘ごと抜いて自身の正面に置いた。

「そこまで堕ちたか!」

おもわず、桃十郎の声が昂ぶった。

「堕ちてはおりませぬ」

不意に、あらぬ方向から声がした。

桃十郎が首を巡らすと、根本中堂にむかい合う森の茂みに、旅の羽織をまとった少年の姿があった。歳の頃は、八、九歳か。

その顔に、見覚えがあった。

二年前、小谷の浅井屋敷を訪ったさいに、門前で言葉を交わしている。

清綱が自らの孫のようにその利発ぶりを誉めそやして相好を崩した、浅井家の惣領にして長政の子。

「萬福丸……」

桃十郎は、少年の名を呼んだ。

「いえ……」少年はかぶりを振った。「昨日、元服を済ませ、名を浅井輝政とあらためました。ご承知置きくだされ」

輝政は大人びた口調で応じた。

「………！」

桃十郎は言葉を失った。

――命じる。いまこのときを以て元服し、桃十郎を名乗れ。

脳裏に刻まれた声が、蘇ってきた。

あの日の与史郎の張りつめた眼差しが、桃十郎を捉えている。

その影がふっと薄れ、そこに輝政の顔があった。言いようのない予感に駆られ、桃十郎は自分がかすかにうろたえているのを悟った。

ところがそれ以上に狼狽したのが、ほかならない赤海雨の三将だった。

「若様、なりませぬ！」

「お隠れあそばされよ！」

「この場は某どもにお任せを！」

口々に、輝政に進言した。しかし、少年は老将の言葉を退けた。

「清綱、清貞、綱親、出過ぎた真似をするでない」

輝政は年齢にそぐわない落ち着いた足取りで桃十郎に歩み寄った。綱親の横にならび、老将に倣って膝を突いた。まっすぐに桃十郎を見つめる瞳は、やはり新九郎に似ている。

「桜井様の鬼にまつわるご懸念はもっとも。しかしわれら、決して鬼に誑かされたわけではございませぬ。むしろ、鬼を討つに景光殿が浅井に与したとするが真相にございます」

「にわかには解せぬ話よな」

精一杯に背伸びした口調で語る輝政の言を、桃十郎は一蹴した。しかし、輝政は怯まなかった。

「左様にございましょう。なれど此度、私は父長政の名代《みょうだい》として参りました。是非にも桜井様を小谷城にお連れするよう、厳命を申しつかっております」

言いながら、輝政はまとっていた羽織を脱いだ。その下から、白ずくめの装束が桃十郎の目に飛び込んできた。まさかという思いが駆け巡り、わずかに桃十郎の右頬が痙攣した。

「この黻、桜井様に献上いたします」

輝政は懐に短刀を忍ばせていた。それを鞘ごと抜き取り、膝の前に置いた。

「小僧、正気か!?」

桃十郎の語気が鋭くなった。白装束は、最初から桃十郎の前で腹を切る心積もりだったことを示している。

「ははは～！」

存在そのものを無視される形になっていた光秀が、哄笑《こうしょう》した。

「織田からの仕寄《しより》に窮して、かの浅井もついに血迷ったか！」

「黙れ！」

桃十郎が一喝した。

輝政はつづけた。

「浅井家、ひいては人の世の大事にございます。若輩者にございますが、不肖輝政、喜んでこの腹を桜井様に献じます」

その言葉には、悲壮なまでの覚悟が滲んでいた。

これが輝政の発案であるはずがない。

どこまで本気なのだ、新九郎。

桃十郎は胸の内で、ありとあらゆる呪詛《じゅそ》の言葉を吐いた。

輝政が白装束の前身頃を臍《へそ》まで開き、裂く場所に当たりをつけるように左手で幼い肌をさすった。

「なりませぬ、若様！」

すぐ横にいた清貞が、輝政の手首を掴んだ。

「若様に代わり、某の鹹をお納めくだされ！」

「わしの鹹を！」

「いや、わしの鹹こそ！」

清綱と綱親も、相次いで桃十郎の膝元にすがりついた。

しかし。

「ならぬぞ」

輝政の声が、三将の動きを封じた。

「見届けるのだ。輝政が立派に務めを果たしたと、父上に伝えよ」

「…………」

もはや老人たちは声を発することもできなかった。

「桜井様」

輝政が、まっすぐに桃十郎の眼を見つめた。

「この鹹と引き換えに、小谷までお越し下さいませ」

膝の前に置いた短刀に手を伸ばした。鞘から抜き、逆手に持って白刃《はくじん》を臍の左横に添えるように立てる。

その手がわずかに震えていることに、桃十郎は気づいた。

怖いのだ。

まだ見ぬ世界を知ることなく去る未練、腹を裂くこの上ない痛みへの恐怖、二度とその顔を見ることのかなわない父と母への慕情。

しかし、切腹して果てる決意だけは変わらない。

本気なのだ。

切腹を命じた新九郎も、それに応じた輝政も。

「清貞、か……、介錯《かいしゃく》せよ」

老人に命じた少年の声に、かすかに揺らぎが帯びた。

命じられた清貞は、憔悴しきった青白い顔で立ち上がり、輝政の背後に立った。堪えきれない涙を拭いもせず、太刀を抜いた。

「介錯仕《つかまつ》る……」

綱親と清綱は充血しきった眼《まなこ》をつい反らしそうになるが、奥歯を食いしばって浅井家嫡男の最後の姿を脳裏に焼きつけようとした。

ふうと、輝政が細く長く息を吐いた。

小さな両手に握られた短刀に力がこもった。

そこから先に、なかなか動けない。

腹の前でふらふらと短刀が揺れ、次第に激しい動揺になった。輝政の足元が濡れ、つんと鼻を突く異臭を放っている。恐怖のあまり失禁したのだ。

「ま……、参ります……」

鋭利な白刃が、腹を裂く。

その瞬間。

「よい」

桃十郎の手が触れた。膝を突いて屈み、命を奪おうとしていた短刀の柄を、少年の手ごと包み込んだ。

「その覚悟、たしかに受け取った」

輝政の腹に突き立てられた白刃は、指の先ほど腹を割いたところでとまっていた。その傷口から、一筋の血が腰に伝っている。声をかけるのがあと一拍遅れたら、本当に腹を切って果てていただろう。

「その命、桜井桃十郎が預かる。——生きよ」

その言が、輝政の全身から力を奪った。これまで堪えていたものが噴き出し、目の前まで迫っていた死の恐怖に全身を震わせた。

腰から力の抜けた綱親と清綱は、その場にうずくまったまま動けなかった。介錯を命じられていた清貞も立っていられず、膝を折って男泣きした。

その光景を冷ややかに、光秀が見つめていた。

「とんだ茶番だ」

「そうだ。茶番だ」桃十郎の視線が、光秀を射貫いた。「命を賭した茶番だ。きさまに真似はできまい」

「………………」

光秀には返す言葉がなかった。

「坊主の勝ちだ。小谷には参る。なれど、浅井に与するか否かは、その後の談判次第だ。よいな」

「ご随意になさりませ……」

輝政は、かろうじて桃十郎に応じた。

「織田家家臣としては聞き捨てならんな」どこか捨て鉢な口調で、光秀が言った。「どうする？

ここでわしと斬りあうか？」

「おお、そうよ！　桜井殿、お斬りなされ！」

われに返り、綱親が叫んだ。

「生かしおけば、此奴《こやつ》も早晩に小谷に攻め入って参りましょう。ここで始末をつけるがなにより！」

しかし、桃十郎は首を横に振った。

「いや、斬らぬ」

「何故《なにゆえ》！」

綱親が食ってかかった。

「鬼への懸念、明智殿もわれらと思いを同じくするとお見受けする。ゆえに、明日の友とならんことを願う」

「たわけたことを申される……」

綱親は不満そうだ。そこに、よりによって光秀本人が同調した。

「このご老体の申すとおりぞ。うぬが仕官を得られぬとなったいま、わしは城に戻り、小谷出征にかかる。それが織田家家臣たる者の務め。よいのだな？」

光秀が念を押した。それには、清貞が応じた。

「戦場《いくさば》で見《まみ》えようぞ。そのときは、容赦せぬ」

「明智殿、ゆかれよ」

桃十郎が静かに促すと、光秀は「御免」と軽く目礼して歩きはじめた。鬼兵との立ち回りで踏み荒らされた芒の草叢を抜け、参道にその姿を消した。

それを見届けたところで、清綱が桃十郎に眼を転じた。

「われわれも、小谷に参るといたしましょう」

とんだ成り行きになったが、これ以上考えても埒《らち》が明かない。桃十郎は、流れに身を任せると腹を括った。

五人は移動を開始した。比叡山を麓まで下り、輝政たちがここまでの足に使った馬を繋いでいた街道沿いの茂みに進む。

そこで、思いがけない人物が五人を出迎えた。

ルイス・フロイスである。

9

半日、刻を遡《さかのぼ》る。

小谷城の曲輪の多くは小谷山の東峰に沿って配置されており、その最奥が、先達ってに朝倉軍が陣を張った大嶽砦だ。そこから峰沿いに山王丸、小丸、京極丸、中の丸、本丸、さらに馬場などの複数の曲輪を経て金吾丸曲輪が連なり、その先に最初の防衛戦となる出丸が置かれている。これが浅井家の詰め城の主要な縄張りだ。

辰の刻に入り、織田軍は進撃を開始した。

お蘭と鬼兵は温存された。まずは浅井軍の出方を見極めるため、家臣団の率いる軍勢が小谷山の南に延びる追手道《おってみち》と西の斜面を駆け上がった。

もっとも勢いよく進撃したのは、木下藤吉郎率いる西斜面の一群だった。

そこかしこに浅井軍によって仕掛けられた陥穽《かんせい》により、藤吉郎隊は大きな代償を払うことになった。山頂の本丸から南北に延びる曲輪の連なりにたどり着くまでに、雨あられのごとく矢を射かけられた。さらに、油を染み込ませて火をかけた藁玉《わらだま》が転がり落ち、曲輪の至近では釜で煮立てた糞尿や松脂《まつやに》が頭上から浴びせかけられた。数で劣りながらも士気盛んな浅井兵の戦いぶりに翻弄され、四千の兵を任された藤吉郎隊は多くの死傷者を出してその数を減じた。

それでも、動きは鈍らなかった。なによりも藤吉郎が後退をよしとせず、部隊を鼓舞して前線に立った。

午未の刻、ついに藤吉郎隊は、小谷城の本丸とその北の小丸を連絡する京極丸曲輪に取りついた。ちょうど桃十郎と光秀が延暦寺で談判を重ねている頃である。

小丸には浅井家先代当主である浅井久政が、本丸には当代当主である長政が籠もる。それを結ぶ京極丸は、いわば小谷城の臍に当たる曲輪だ。その要衝の周囲に張り巡らされた柵を切り崩して突破口を開いた。小谷城一番乗りの大手柄である。藤吉郎隊残存の約三千は、京極丸の守備に当たっていたおよそ五百の浅井兵と斬り結んで乱戦となり、半刻ののちについに京極丸を制圧した。

しかも、ここからが藤吉郎の本領発揮であった。

あたかも居並ぶ諸将の顔を立てるかのように、手柄を急いて本丸の後背を突くことをせず、あえて京極丸に連なる小丸に攻撃を集中させた。藤吉郎の絶妙な嗅覚が、その判断を促していた。目の前に身の丈ほどの石垣があり、そのすぐ先に見上げるのが小丸だ。

小丸には、久政率いるおよそ八百が待ち構える。気を弱くした久政を長政が案じ、本丸から遠ざけてここに配していたのだ。藤吉郎隊は峰沿いの山道を伝って一気呵成《いっきかせい》に兵を寄せ、四方から次々と小丸に火矢を放った。ここでも相応の犠牲を払ったものの、連絡路を回り込んで閉ざされていた門を突破した。

もはやこれまで。

起死回生の策なしと判断した久政は、酉の刻になって炎に包まれる小丸の座敷で切腹して果てた。

久政に帯同していた阿古は、わずかな足軽に守られて小丸から逃れた。しかし、周囲は織田軍に完全に包囲されている。木立が生い茂る山中の斜面に隠れたが、そこから身動きが取れなくなった。発見されるのは時間の問題だろう。

藤吉郎隊がこれだけの手柄を上げた一方、柴田勝家率いる一万の軍勢は、長政の籠もる本丸の攻略に難儀していた。

早朝からの進撃で南の追手道から金吾丸、番所を抜いたものの、本丸の手前に連なる三重の曲輪の堅い守りを押し切ることができないまま、日没のときを迎えている。

もともと小谷城は難攻不落の山城として知られており、信長の兵の数も足りない。勝家の難渋も無理のない話であった。むしろ、藤吉郎の京極丸攻略が上出来すぎたのである。

手柄がひとり際立った藤吉郎は、そのまま隊を京極丸に留まらせた。小谷山斜面には兵站《へいたん》を設け、矢弾《やだま》を補給する。

その作業に忙殺される戌《いぬ》の刻、藤吉郎のもとに信長の使番《づかいばん》がやってきた。


夜更けの小谷城本丸は、にわかに騒然となった。

「織田殿は、いま一度、和睦をと申されるか」

長政が驚いた顔を見せる正面で、板張りの床に座した藤吉郎が、小柄な体躯に精いっぱいの虚勢を張って顎を引いた。

「左様にござる」

陽もとっぷりと暮れた亥《い》の刻になって、突然に信長の名代を名乗る使者が小谷城本丸を訪った。

わずかに従者ふたりを連れた木下藤吉郎である。

予想外の使者に城内はにわかに殺気立ったが、長政は兵たちを制して藤吉郎を天守一階の評定の間に通した。周囲には、浅井の兵たちが居並んでいる。ここで下手な勧告を伝えようものなら、藤吉郎は問答無用に斬り伏せられるだろう。いまにも小便を漏らしそうなほどの緊張を、猿のような面相をした小男は必死になって隠した。藤吉郎がなにを口にするか、天守内のすべての者が聞き耳を立てている。それは浅井家の家臣から足軽、さらには奥の間に控えるお市の方や腰元、侍女《じじょ》まで、例外はない。

「此度は、二の策まで携えて罷り越した」

声が震えだす前に、藤吉郎は一気に信長からの伝言を吐き出した。

「まず、一の策。われらがお館様は、いまこのときを以てしても、浅井殿を高く評価しておられる。いま一度、その才覚を織田家とともに揮われてはいかがか」

「信長殿も、かようなまでに酔狂であったか」

もはや、長政は苦笑を浮かべるよりない。

「心よりのお申し出、感謝いたす」

長政は、浮かべていた笑みを消した。一瞬で、能面のような冷ややかな表情になった。

「なれど、慎んで御辞退いたし申す」

「詮議《せんぎ》もなさらずにお答えなさるか……！」

あまりの即答ぶりに、さすがに藤吉郎は驚きを隠せなかった。しかし、この長政の態度に驚く浅井兵はひとりもいなかった。

「二の策を聞こう」

「――なれば、次策を申し上げる。お館様の妹君にあらせられるお市の方とその御息女三名、戦渦に巻き込むには忍びず、わが方にて身柄の保護を希望するものなり」

奥の間で耳をそばだてていた市は、はっと息を呑んだ。

藤吉郎はつづけた。

「お受けいただければ、あすの丸一日を休戦とし、迎えの駕籠をこの場まで参じさせる次第」

敵に回れば縁故ある者でも無情に斬り伏せることで知られる信長が、この鉄火場で妹ひとりのために休戦してみせるという。評定の間に居合わせた兵たちの多くが驚きを隠せないなか、「お受けいたす」と長政が淡泊に答えた。

寸前までざわついていた評定の間が、水を打ったようにしんと静まり返った。

市は表情をこわばらせた。唇を噛み、着物の裾を握る手に力がこもった。

「お受けいたす」長政は同じ言葉を繰り返した。「明朝、辰の刻、駕籠ふたつと人夫十名で参られよ。市と娘三人、さらに身の回りの品々と世話役の腰元、乳母も揃えてお引き渡す」

「仕った！」

思いもよらない大収穫に、藤吉郎は喜色満面で立ち上がった。

「辰の刻、あらためて拙者が方々をお引き受け申す。御支度のほど、滞りなく」

「承知した」

感情を押し殺した声音で、ふたたび長政が顎を引いた。


延暦寺境内から坂本城に戻った明智光秀は、屋敷で留守居の左馬之助に出迎えられた。

「父上、いかがされました！」

光秀の土埃にまみれた無残な姿に、左馬之助は顔色を変えた。

「談判は物別れよ。よりによってその直後、浅井からの使者も参った」

「浅井の？」

左馬之助は神妙な顔つきになった。

「あの国主無、われらの埒外《らちがい》に人望を集めると見えるな。不覚にも、命を救われたわ」

「浅井の者に狙われたのですか⁉」

「いや……」そこで光秀は、声を潜めた。「お蘭か、満天斎。われらの動きを聞きつけたか、鬼兵をよこしたわ」

「鬼兵！」左馬之助は驚きを隠すことができなかった。「よもや、お館様の命《めい》もなく独断で鬼兵を動かしたのでしょうか？」

「左馬、くれぐれも油断するでないぞ」

「はい……」

光秀の一言に、左馬之助は言も短かに頷いた。

「わしらも、小谷に出張《でば》る。支度せい」

光秀は戦装束に身を包むと屋敷を出て、琵琶湖に面した石垣から階段を下った。その下が船着き場になっており、この半年のあいだに葉村満天斎が大津でこしらえた、全長二十間を超える木造の新鋭巨大軍船〝仰天丸〟が横付けされている。

すでに出港の準備は整い、光秀の乗船を待つばかりとなっていた。

「参るぞ」

船着き場から軍船に架けられた橋板を渡って船首甲板に立つと、光秀は即座に号を発した。

10

「浅井屋敷に、小谷城本丸までつづく地下通路がございます」

そう言ったのは清綱だった。

フロイスに輝政を託した四人は、半日をかけて小谷山を望む湖畔の今浜村まで辿りついた。さらに未明の暗がりを利して、織田軍が完全に無視していた西峰の福寿丸曲輪を経由し、薮に覆われた斜面を下って清水谷に入った。

ここにはいま、寄せる織田軍のうちおよそ一万の兵が広がって野営しており、浅井屋敷にもかなりの数の兵が上がり込んでいた。すでに略奪の限りが尽くされたあとなのだろう。朝陽が差し込みはじめた敷地内に、無数の調度が投げ捨てられている。

「わずか一夜で、この有り様とは」

北海綱親が小声で嘆いた。

「ここから先は、押し通るしかあるまいな」

桃十郎が老三将に視線を投げた。

ところが、思いがけないことが桃十郎たちの前で起こった。

朝餉《あさげ》を済ませた兵たちが、一斉に屋敷から飛び出していったのである。

「なんじゃ？」

清綱が首を傾げた。織田の兵たちに、これから合戦にむかう物々しさがない。

四人は、無言で頷き合った。

織田の兵が移動するのを追うように、身を潜めていた薮を中腰で南に進んだ。

清水谷の南端に、小谷城の大手門がある。その手前、惣構えの内側に入ってすぐの広場に、足軽をはじめ数千の織田兵たちがずらりと隊列をつくっていた。しかし一様に、出陣の気配ではない。にわかに、織田兵たちがざわついた。

「あれを見よ！」

清綱が、遠方を指さした。織田兵たちのいる広場のむこう、小谷山東峰に連なる追手道から、ふたつの駕籠の列が兵たちの囲む広場に下りてきた。

「お市の方と御息女、お連れいたした！」

その声は、不自然なほど鮮明に、桃十郎たちの耳まで届いた。

「まさか……、そんな……」

「間に合わなんだか……」

綱親と清貞が、口々に呻いた。

いよいよ劣勢を覆しようがなく、長政が城を枕に討ち死にの覚悟を決め、市と娘を事前に織田方に引き渡したのだと察した。

いま一歩われらが先《さき》んじていれば、違う道が開けていたろうに。

桃十郎が厳しい表情で声をかけた。

「いまは新九郎の籠もる天守に参ろう。あれこれに思い巡らすは、それからでよい」

四人はいま来た薮を戻った。

浅井屋敷の裏門は、施錠されていなかった。清綱、綱親がならんで先頭に立って裏門をくぐり、屋敷の壁沿いに地下通路の侵入口がある中庭をめざした。そのうしろに桃十郎がつづき、殿《しんがり》を弓をつがえた清貞が固める。しかし、すでにもぬけの殻と化した浅井屋敷で、荒事《あらごと》を案じる必要はなかった。

「さ、こちらへ」

清綱が桃十郎を促し、中庭に進む。庭園は乱雑に踏み荒らされていたが、いずれ織田家の家臣を置く腹積もりがあるのか、建物にはこれといった損傷はない。一年半前に桃十郎と長政、小汀景光が膝を交えた茶室も、そのままに残されている。

周囲に警戒の目を走らせたあと、閉ざされていた躙口を開き、膝を突いて茶室に入った。

清綱が畳の一枚を剥ぐと、板張りの床が現われた。その中央に空井戸のような縦穴の口がぽっかりと開いている。柱の一本に縄が結わえ付けられ、それが縦穴に垂らされていた。

「桜井殿、御覚悟くだされ」

綱親が、桃十郎の眼を見て言った。

「ここからが、なかなかに難儀な道でございます」

「御老将方こそ」

笑みを浮かべて応じた。

燭台に火を灯し、四人は縦穴を下った。

硬い岩盤をくり貫いて造られた抜け道は、蝋燭の明かりに照らし出されるむこうでときに曲がり、下り、そして登りを繰り返した。しかも、大柄な桃十郎にはやや狭い。膝を突き、手を壁に添えて進まねばならなかった。むしろ老三将のほうが器用に身を屈めて這い進んだ。

その抜け道のすぐ近く。

人の手で掘られたのとはまったく異質な横穴《あな》に、四人が気づく術《すべ》はなかった。

第五章　小谷崩れ

1

板張りの広間の中央に、四人の侍が胡坐をかいていた。三人が横にならび、その前にひとり。

赤尾清綱。

海北綱親。

雨森清貞。

そして、桜井桃十郎。

その周囲に、長政がすべてを賭けた国主無をひと目見ようと、武将や足軽たちが押し寄せていた。長政は桃十郎たちのなかに輝政の姿がないことに胸の疼きを感じたが、その感情をひた隠しにして問うた。

「輝政の馘、受け取ったか?」

長政の顔には、相応の覚悟が滲んでいた。

「ご嫡男の御馘、たしかに貰い受けた」

「そうか……」

諦念したように、長政は静かに息を吐いた。

「なれど、首より下は、新九郎のもの。あいにくいまだ、馘と胴はひとつ繋がったままゆえ、馘だけを抱いてこの鉄火場に参じるわけにもゆかぬ」

　桃十郎が言葉をつけ加え、長政の表情にわずかな光が差した。

「いましがた、奥方と娘御《むすめご》も織田方に差し出されたな。正気の沙汰とは思えぬ。その腹の内、包み隠さず聞かせてもらおう」

　どこまでも桃十郎は淡々と言葉を連ねた。

「すべては桃、ぬしをわが同志とするため、鬼を屠るためよ。そのためなら喜んで輝政の馘をくれてやる。市を織田方に引き渡すも、桃が小谷に参る刻を稼ぐ方策にすぎぬ」

「なんと……」

「鬼を倒すは、桃を措《お》いてほかにない。わしが見立て、景光も賛同した」

「その景光こそが鬼であろう！」

「いかにも」

　長政は即答した。

「やはり血迷ったか、新九郎」

「血迷ったのではございません、桜井様」

　背後から声がした。控えの間に姿を没していたその男が、武将たちを掻き分けて前に出た。

　飢えた狼のような桃十郎の双眸が小汀景光を捉え、五蘊皆空《ごうんかいくう》の柄を握った。

「お斬りになりますか、わたしを」

平然とした口調で、景光は桃十郎をまっすぐに見つめた。

「お斬りなさいませ。ご懸念とあらば、構いませぬ。桜井様の伎倆と、その御手《おんて》の得物があれば、いとも容易うございましょう」

「なぜだ！」

たまらず、桃十郎は叫んだ。

「なぜこうも簡単に、皆が揃って命を差し出す？　俺ひとりが与したことでなにが変わるというのだ！」

景光は、薄い笑みを桃十郎に投げかけた。

「桜井様が、人の世の希望に足るお方だからにございますよ」

居並ぶ武将たちにも聞こえるように答えた。

「天下無双の剣豪が、鬼兵の武器に伍する剣を持つ。これなくして、織田の鬼は討てませぬ。そして、人をして鬼を討つが可とすることを示す、象徴となられる。これが、人を動かすのです」

「ならば訊こう。なぜ、鬼が同族の根絶やしを願う？」

「これはまた……」

景光は、さも意外そうに桃十郎を見つめた。

「人も人と相争うではないですか。鬼と鬼がことを構えぬ道理がございませぬ。たまさか、異なる世界での鬼同士の諍いが、この地に転じたまでのこと。その片方を織田様が担ぎ、人の世に累が及ぶを案じられて浅井様がもう一方に立たれた」

「ならば、織田の鬼を討ったあと、浅井の鬼はなんとする？」

「先に申し上げましたな。ご懸念とあらば、斬っていただいてけっこう」

「もはや、己《おの》が命はなしというか。おもしろいな」

吐き捨てるように、桃十郎が言った。自らが鬼と認めた男が、武士に似た覚悟を口にする。いま、桃十郎の胸中では、警戒心と好奇心がせめぎ合っていた。

「新九郎を誑かしし言説、この耳で聞いてみたくなった。いかな事情で鬼同士が諍い、新九郎が与するを決したか、説いてもらおうではないか。そののちに、斬ってくれる」

「桃、聞いてもわれらの理解の範疇を越えた話ぞ。しかも、長い」

長政が背後から忠告したが、桃十郎は景光から視線を逸らさなかった。

「手短に話せ」

景光は、板張りの床に腰を下ろして胡坐を組んだ。桃十郎もそれに倣い、景光に正対する位置のままどっかと座り込んだ。

「桜井様、夜空を思い描いて下され。満天の空には数えきれぬほどの星が瞬いており、さらに見るも叶わぬ無数の星々がございます。その星のひとつで、われらがヴラクトマガの一族は生まれ出でました。いまこのとき、わたしは小汀景光殿の名を拝借しておりますが、ヴラクトマガでの名は、タナン」

「待て」

いやな予感に駆られて、右手で景光を制した。

「覚恕法親王と見《まみ》えたさいにも、聞き慣れぬ名前を耳にした。これで煙に巻かれてはたまらぬ。わかるように言ってもらおうか」

「これは失敬」

景光は悪びれる様子もなく言った。長政は景光の話を素直に理解したのか、桃十郎は疑問に思った。

「ヴラクトマガとは、桜井様のおっしゃる鬼の一族。鬼にはいくつもの種があり、わたしはファルマグサの者。もう一方、織田が用いる鬼兵は、ヴァーシラー。長政様はファルマグサのことを、人の血を欲さぬ青白いからだから、青鬼と例えられた。ヴァーシラーは、血を啜り透き通る肌を赤く染め上げることから、赤鬼と」

ヴァーシラーの名は、聞き覚えがある。

「その例えで話をつづけてくれ」

「われら鬼の一族は、生まれ出でた星を皮切りに、いくつかの星に飛び出て版図《はんと》を拡げておりましてな。知性を持つわれら青鬼が、屈強な赤鬼を支配下に置いて、いくつかの勢力が相争っておりました。わたしはベルーゴファ……、失礼、いまは覚恕法親王ですな、かれとともに軍船に乗り込んで、敵と戦火を交えておりました。標的は、そのうちの一隻。火花を散らすうちに、この星にたどり着いてしまった次第。そしてわれらが青鬼は、己のみでは哀れなほどに無力な生き物。生まれ出でた星で先住民の肉体と知識を、さらに往《ゆ》く星々でもその住民の姿を借りて立たねばならないのです。有《あ》り体《てい》に申しましょう。この星の人でいう首から上、脳の髄を含む部分をわがからだに取り込み、そこから知識やその星で生きていくための術を学びます。なればこそ、すみやかに新しい環境に順応できるのです。わたしが話すこの言葉も、刀匠小汀景光殿の知識そのもの」

「つまり、その皺は……」

景光の言わんとすることを察し、桃十郎がその顔を指さした。

「左様、景光殿の御皺にございます」

景光は首肯《しゅこう》した。

2

「やはり、人を喰らう畜生であったか」

「この星の人の世の理《ことわり》に照らせば、その誹《そし》りは免れないでしょう」

　非難めいた桃十郎の視線を、景光は受けとめた。

「わたしの乗り組む船が墜ちたさい、小谷の南麓は雲雀山に構える景光殿の工房を薙ぎ払いました。船から脱したわたしは、息絶える寸前の景光殿の躰を拝借してこのからだに据え、その知識と人の姿形《すがたかたち》を得ました」

「わしも、仰天したわ」

　長政が話の輪に加わった。

「にわかには信じられぬ話よ。これは、桃を責められぬ。なれど、雲雀山を検分したさい、叡山よりはぐれし赤鬼が現われてな。兵どもが次々と屠られ、わしも命を落とすところであったが、この景光が参じて鬼を奇怪な光る得物で斬り伏せた。そしてわれらに庇護を請い、以来、屋敷にその身を置いたというわけじゃ。そこで聞いた事情は、いま桃が耳にしたそれと違わぬ。よもや、覚恕法親王様までが青鬼と化していようとは、わしも肝を潰したわ」

　大仰に、長政は肩をすくめた。

「話を聞いて、ようやくもろもろに合点がいった。桃が語りし御隠島の惨劇にも、あらためて理解が及んだというものよ」

「桜井様が甲斐国でベルーゴファと見《まみ》え、討つべき鬼を見定めてくだされば、長政様の道理に賛同いただけるものと期待しておりましたが……」

「当てが外れたな」

景光が吐いた本音に、桃十郎は皮肉で返した。

「なれど、桃はいま、こうして小谷に参じてくれた」

ふたたび長政が口を開いた。

「勘違いしてもらっては困る」桃十郎が首を横に振った。「浅井に与するとは言っていない」

ふたりの言に靡《なび》くことなくつづけた。

「俺は甲斐国で、お蘭という鬼使いの娘と意識を交わした。あれも、きさまと同じ青鬼か」

「そのとおりです。われらの仇敵《きゅうてき》ラムノヴァ。あともうひとつの青鬼マラクトーリャも、織田の手にございましょう」

「うまくない話だな」

「あれは、難敵にはございません」

景光が、間髪入れず否定した。

「それよりも案ずべきは、いまも坂本城に隠匿される、かの船に眠る鬼兵。少なくとも数百はございます」

「数百の鬼だと⁉」

「これらがときを同じくして諸国で暴れたら……」

「……………」

「叡山に墜落せし鉄船から逃れた鬼、拾い集めて十数匹と聞く」長政が言い添えた。「以来、織田の手元で鬼兵の数が増えたという話を聞かぬ。残る鬼のことごとくは、いまも眠っているということよ」

その鬼兵が潜む坂本城で、凪はいまも寝起きしていることになる。ぞっとしない話だ。

「面倒なものを持ち込んでくれたものだな」

「わたしではありません。敵方、ラムノヴァとマラクトーリャの仕業です」

景光はにべもなく言った。

「しかし、だからこそ、わたしは長政様におすがりして、織田に与する鬼の殲滅にこの命を捧げているのです」

「織田の鬼兵を屠ってしまえば、いまも眠る残りの鬼の始末は容易い。われら人の世の大事は去る。力を貸してくれぬか」

しかし、桃十郎はまだ納得していなかった。

「この五蘊皆空、きさまが鬼の力で生まれ変わらせたのであろう。これを何本となく鍛えて、新九郎の兵どもに持たせればよいではないか。俺ひとりにこだわる理由がない」

「それが、そうもいかんのだ」

答えたのは長政だった。

「なぜだ？」

「その五蘊皆空な、景光の乗っていた船の部品を用いておる。仕上がったはそれ一本と、あとは赤尾の三叉の長槍にわずかに細工を凝らしただけじゃ」

「な……」

わずか一振りしかない虎の子の五蘊皆空を、長政は協力するという言質もない桃十郎に惜しげもなく渡したのだ。

「つまり、五蘊皆空を手にした桜井桃十郎が浅井に与せねば、いずれ人の世が滅びるということじゃ」

「簡単に言うな！」

ここにいたって、桃十郎はなぜ自分が長政に腹を立てているのかを理解した。

情に訴え、選択の余地のない譲歩を迫っている。輝政に切腹させようとしたのも同じだ。その喰わせ者ぶりが気に入らなかった。

いや、違う。

新九郎は、そんな男ではない。

民草のため、人の世のために、あえて自分を捨てて汚れ役を演じている。

そうまでしなければ、鬼と与する浅井に対して、桃十郎が首を縦に振ることはないと承知しているからだ。

それが無性に許せない。古き友と呼ぶ相手にする仕打ちではない。

「…………」

込み上げてくる怒りが、形相となって現われた。道理は理解したつもりでも、感情が首を縦に振らせない。

気まずい沈黙がつづいた。

この場にいるすべての者が、桃十郎のたったひと言を待っている。

張りつめた空気のなか、臆することなくこちらをまっすぐ見つめていた。その視線を、全身に感じる。

新九郎の言葉を容れ、鬼と組んで鬼を倒すか。

何者にも寄らず、己が道をゆくか。

その心の揺れを読むかのように――いや、本当に読んだのかもしれない――景光が決定的なひと言を放った。

「桜井様、此度の鬼ども、御隠島に墜ちた鬼が呼び寄せたものとしたら、いかがされるか」

「！」

その衝撃的なひと言に、桃十郎はわが耳を疑った。

「景光、その話は！」

狙いを悟った長政が焦りの表情で遮ろうとしたが、もう遅い。

「放言を口にするな！」

「放言ではございません。鬼の船は、それに導かれてこの地に及んだのです。この糸をたぐれば、いずれ御隠島の鬼に行き当たりましょう」

「………………」

桃十郎の拳が、血の気を失うほど強く握りしめられた。

ぶるぶると、震えた。

「なぜだ！」

これまでにないほど、桃十郎の怒りが爆発していた。

「なぜその話をこれまで伏せ、いまになって話すのだ！　新九郎！」

憤怒の矛先をむけられた長政は、観念して深く息を吐いた。

「聞いてくれ、桃。われらは大義あって鬼を討つ。織田を討つ。桃にもそれを容れてもらいたかった。同志たらんと願った」

噛んで含ませるような口ぶりで語った。

「しかるに、桃の鬼への姿勢は、私情だ。私怨だ。それはときとして、人の心を蝕む。大局を見失い、足並みの乱れを生む。それでは鬼に勝てぬ。ゆえに、この話は禁じ手とした」沈痛な面持ちで桃十郎を見つめた。「なれど、もはや無用な気苦労よな」

「…………」

桃十郎は、古き友の胸の疼きを知った気がした。他者の胸中を察しない男ではない。しかし、あらゆる業を負う覚悟ですべてを伏せ、しかも長政自身も、私情を捨てて輝政の鹹を差し出そうとしたではないか。妻や娘を手放しているではないか。そうまでして、桃十郎を求めたのだ。それが長政の覚悟であり、貫いてきた姿勢である。

対するに、桃十郎はひたすら私情に動かされてきた。鬼を討たんと、国主無となって諸国を放浪した。いまもまた、人の世を守る道理を説いた長政に、かたくなに反発している。

それが、おまえの覚悟か。

長政がそう突きつけてきた気がした。

「新九郎……」

桃十郎は唸った。

もはや、他に道はなし。

「俺は、為すべきを為す。浅井に与するのではない。よいな」

長政は満足気に頷いた。

「ああ、それでよい」

大きく息を吐いた。

ついに、大博打に勝った。

3

二十八日の夕刻、織田方に身柄を保護された市と三人の娘は、虎御前山の本陣でわずかばかりに信長との対面を果たしたあと、百五十の兵に囲まれて尾張国は春日井の清洲城に送られた。

小谷城から随伴してきた浅井の侍女と乳母は、追手道の麓で市たちから離されたあと、その身柄をお蘭が貰い受け、全員を生きたまま鬼に喰わせた。

――戻ってこなんだな。

鬼兵が浅井の乳母たちを喰らう様子を眺めながら、比叡山に送り込んだ二体に思いを巡らせた。

——あの国主無、もしや予想以上に腕が立つか。

信長が桜井桃十郎に興味を持っていると知ったのは、岐阜城を発った直後のことである。明智光秀に、くだんの国主無を召し抱えるようお館様の指示が飛んだと、お蘭のもとに密使がやって来た。

遣《つか》いをよこしたのは、木下藤吉郎である。岐阜城の花見の茶会でお蘭を茶化して信長から叱責されて以来、藤吉郎はお蘭に頭が上がらなくなっていた。利のありそうな話があると、かいがいしく注進の者を送ってくる。

——やはり殺しておくべきであったかな。

お蘭は一年半前の躑躅ヶ崎館でのことを思い返していた。

あの男は鬼兵一体を屠った。さらにわれらファルマグサの一族が放つ思念を読み取り、応えてみせたのだ。その感力《かんりき》は、信長に勝るとも劣らない。

いまからでも遅くない。鬼兵を遣《や》り、喰らわせよう。

お蘭は小谷への進軍で引き連れていた全十二体の鬼兵のうち二体を、夜陰《やいん》に紛れて坂本に放った。首尾よくいけば、いまごろは鹹を持って虎御前山に合流しているはずだった。

しかし、鬼兵は消息を断った。

——ラムノヴァ、聞こえるか。

不意に、満天斎の思念が届いた。琵琶湖を挟んで、坂本から小谷までその声が届く。

——マラクトーリャか。なにがあった？

——比叡山を確認した。ヴァーシラー二体がやられた。

——やはりな。まあ、よい。

——どういうことだ、ラムノヴァ？

——われらの意志は伝わった。願わくば、この小谷にてわれらの敵となることよ。わが手で始末してくれる。

——できるのか、偽誠を掴まされたきさまに？

せせら笑った。

——黙れ！

——…………。

それを境に、満天斎の思念は途切れた。

戌の刻を迎えた小谷城天守は、束の間の沈黙に包まれていた。軍議のために評定の間に集った浅井家の諸将が、困惑の表情で互いを見やっている。

「某は、織田の兵は斬らぬ」

桃十郎が、軍議の席で開口一番にそう言ったのだ。長政と景光のふたりだけが、表情を変えずに次の言葉を待っている。

「早合点するな」

桃十郎は板張りの床に広げた半紙の中央に本丸曲輪を円で描き、その南側に本丸寄りから赤尾屋敷、大広間、桜馬場とつづく三重曲輪、北側に本丸の後背を固める中の丸曲輪を円で連ねた。これが、すり減った浅井軍三千の最後の守備範囲だ。中の丸の北側は木下藤吉郎に落とされた京極曲輪があり、南に連なる追手道からは、柴田勝家率いる一万の勢力が三重の曲輪を破るべく、夜明けとともに押し寄せるはずだ。残る諸隊は、分散して東西の斜面から仕寄ってくると予想できた。

「明日は、鬼兵が出てくる。必ずだ。もはや出し惜しみする状況ではあるまい」

桃十郎は諸将を前に断言した。

「われらが案ずべきは、鬼兵がどこから迫るか、ですな」

遠藤喜右衛門が思案げに腕を組んだ。

「決まっている。俺と景光が暴れている場所だ」

桃十郎が簡単に言い放ち、景光を見た。

「仰るとおりでしょうな」

「三重の曲輪の最前に出て、そこに引きつける。景光がこしらえた鬼兵用の武器も、ここに集中させる。そうすれば、追手道から寄せる主隊は足留めを喰らうだろう。よもや鬼兵が暴れ回る場所に、兵は寄りつくまい」

「鬼は、いかほど？」

喜右衛門が問うた。景光がそれに応えた。

「フロイス殿の話では、岐阜に集められた鬼兵は十三。いま、虎御前山に参集した鬼兵の気配は、わたしが感じるに十」

「数が合うな」

桃十郎が納得した。

「躑躅ヶ崎館で一匹、そしてきのう、延暦寺で二匹始末した」

「！」

桃十郎の口調はさも他愛なさそうなものだったが、評定の間にはどよめきがあがった。過去に一度だけ鬼兵を目の当たりにしたことがある浅井の諸将は、これがどれだけ至難の業か即座に理解し、驚きの表情を浮かべた。

「織田は残る鬼兵のすべてをここに集めた。さすれば、此度の戦で鬼兵十匹と鬼使いの娘を屠れば、われらの勝ちだ」

桃十郎は合戦の目標を定めた。

「俺と景光で片づける。諸将には、それまでの時間を稼いでもらいたい」

「では某は、桜井殿の後陣を張り、大広間曲輪から飛び道具で援護しましょう。いざとなれば、兵ともども前に出て御加勢いたす」

喜右衛門の志願を長政が認めた。

「ん、よろしく頼む」

「われら老木はわしの屋敷に陣取って、本丸に連なる追手道を固めるとしますかな」

しばし口を閉ざしていた清綱が、図上の赤尾屋敷曲輪を指さし、海北綱親、雨森清貞に目配せしながらにっと笑った。

「わしも、天守に籠もっている気はない」長政が意気高く宣言した。「遊軍として四方に飛び回ろうぞ」

「当然でござる。われら老木がからだに鞭打つのじゃ。若い殿が働かずにどうされる」

雨森清貞が綱親に加勢して主人を笑った。よくよく見れば、諸将のなかでは二十九歳の長政が、桃十郎とならんでもっとも若いのだ。綱親の言葉に長政は「これは参った」とおどけて見せ、評定の間はどっと笑いに包まれた。

それを潮目《しおめ》に、らしからぬ雰囲気の軍議は仕舞いのときを迎えた。

長政がぱんと手を打って鳴らすと、前もって指示しておいたとおりに、足軽たちが杯を運んできた。

桃十郎が受け取った杯には、水が注がれていた。同じものが諸将にも配られる。

長政は神妙な顔つきで、諸将を見回した。

「これは、別れの杯ではないぞ。生きてまた会うために酌《く》み交わす杯じゃ！」

杯を頭上に掲げてから、一気に飲み干した。

桃十郎や諸将もそれに倣った。

「鬼の血を浴びてのち、また見《まみ》えようぞ！」

「おう！」

長政の檄に、男どもが野太く吼えた。

4

夜が明けた。

東の空が白み、鶏の鳴き声が遠くの空に響き渡った。きのうと同様、雲ひとつない初秋の空が広がっている。

小谷城では、昨晩の申し合わせどおりに諸将が兵を配置し、戦支度は万端整っていた。浅井軍の将たる長政から足軽の一兵にいたるまで、織田軍を迎え討つそのときを待ち構えて武者震いしている。

桃十郎は、三重の曲輪の最前、桜馬場に立った。

果たして、やつは現われるだろうか。

かつて御隠島で与史郎たちの命を奪い、いままたお蘭や鬼兵たちをこの地に呼び込んだという、あ、の、鬼。

桃十郎の背中を見つめる作務衣姿の景光は、一段高い位置で開け放たれた大広間曲輪の黒金門《くろがねもん》前に居場所を定めた。背後の曲輪には、五百の兵を率いる遠藤喜右衛門が備えている。さらに一段上の赤尾屋敷曲輪には、老三将がおよそ二百の兵とともに構えた。そのうしろが、長政たちのいる本丸だ。

麓が静かだ。

しかし、人の息吹は殺せない。

きょうこそ勝負の日と血気に逸る織田三万の兵たちが、眼を血疾らせている。その気配が肌にひりひりと伝わってきた。朝餉の支度の煙が一筋もあがっていないところを見ると、どうやら短時間で一気に攻め落とす算段のようだ。

おもしろいではないか。

桃十郎はにやりと笑った。ただひとつ、そのなかに凪がいないことを願った。

半刻がすぎ、辰の刻を迎えた。

唐突に、動きがあった。

ざわりと、桜馬場から見下ろす三方の森が鳴った。

殺気の波が、麓から吹き上がってくる。

「妙だ」

桃十郎がぽつりと呟いた。

「桜井殿も感じますか」

黒金門の前に立つ景光が、その呟きを聞きつけた。聞き取ることのできる距離ではないはずだ。

桃十郎の思念を読んだのかもしれないが、不思議と不快ではない。

その直後だった。

空がどんと鳴った。たてつづけに三回。桃十郎は音の鳴った方向に首を巡らせた。

西、小谷山の麓の清水谷。

いや、さらに西だ。西峰のむこう、半里の距離を挟んだ琵琶湖上。

そこに、南に舳先をむけて錨を下ろす仰天丸があった。

桃十郎たちからは、陰になって見定めることはできない。その位置から、仰天丸の甲板で光秀が仁王立ちする横にならんだ異様なまでに巨大な三門の大筒《おおづつ》が、左舷の小谷山を睨みながら砲撃直後の黒煙を吐き出していた。

どこか臓物を連想させるような不気味な意匠の砲身は、十五尺ほどもある。その砲撃のすさまじさを物語るように、仰天丸の船体が反動で左右に大きく揺れていた。凪いでいた琵琶湖の湖面が、波飛沫の円を広げていく。

南蛮から輸入されて間もない大砲、国崩しを参考に葉村満天斎が坂本城でこしらえた攻城兵器である。鬼の技術を注いで常軌を逸した長射程を実現した。これが、凄まじい砲撃音とともに火を吹いたのだ。

黒い三つの影が蒼天に弧を描き、小谷山の木立が刈られた斜面に命中した。

大地が揺れた。轟音を立てて土煙が舞い上がった。

虎御前山の本陣では、信長の周囲で戦況を眺めていた佐久間信盛ら重臣たちが、大筒の予想以上の威力に目を丸くしていた。陣の中央で床几に座している信長は、いく筋も立ち上る土煙に、満足気な表情を浮かべている。

「まずまずよな」

まるで鬼など必要ないかのようだ。お蘭にとっては、面白くあるまい。

戦場《いくさば》に不似合いな朱《しゅ》の着物に身を包んだ鬼使いの娘は、いまどんな顔をしているか。ちらと横にいるお蘭に眼をやると、しかし意外なほどに涼しい表情をしていた。

お蘭のさらにむこうに置かれている長持の上には、三つの三方があった。そのひとつに、きれいに洗われて死に化粧の施された久政の馘が置かれている。あとふたつは、長政とその嫡男の馘が置かれるのを待っていた。

「砲撃を途切らすな。彼奴《きゃつ》らに息つく暇《いとま》を与えるでない」

信長は使番に指示を飛ばした。

「十撃はつづけてのちに、仕寄の兵を当てよ。次いで、三の手じゃ」

「は！」

使番が、本陣を飛び出していった。


半里離れた湖上の仰天丸甲板から、小谷山の手前の峰のむこうに白い狼煙《のろし》が三本登ったのが、はっきりと視認できた。

「三門とも狙いよし！」

狼煙を読んだ左馬之助が、光秀の横で叫んだ。耳栓代わりの真綿を両耳に詰めているが、それでも大筒三門の砲撃音は、すぐ近くに立つ左馬之助と光秀の骨の髄まで響き渡り、耳がいかれて自分の声がまともに聞き取れないのだ。

「狙いこのまま、つづけて撃てい！」

軍配を振るい、甲高い声をいつも以上に張り上げた。

足軽たちも、光秀の身振りで攻撃続行を理解した。砲の尾栓《びせん》を開き、次発の弾と炸薬《さくやく》を砲身に詰めはじめる。船の揺れが静まったのを見極め、火蓋を切って点火した。

砲門から、三本の火柱が吹き上がった。

凄まじい爆音が響き渡り、砲撃の反動でふたたび仰天丸の船体が湖上でぐらりと傾いだ。湖中の錨と船体をつなぐ鎖がぴんと張る。両耳を手で塞いでも、全身がじんと痺れた。

「わしは船櫓《ふなやぐら》にゆく。指示を待たずともよい、弾《たま》尽きるまで撃てい」

いよいよ耳のおかしくなった光秀は、船体中央にある船檣《せんしょう》を兼ねた櫓にむかって歩きはじめた。

ここを登った物見台のほうが、わずかだが遠方まで見通すことができる。

梯子を登って物見台まで達したそのとき、三斉射目が放たれた。

甲板にいたときより激しく揺れる。しかし光秀はそれにかまわず、前方を見据えた。ぶれる視界のなか、小谷山西峰のむこうに茶褐色の土煙が立ち上るのが見えた。

「鬼兵など要らん。これさえあれば、小谷などものの半刻で……」

左馬之助も物見台まで登ってきた。

「ここまでの威力とは」

「浅井の雑兵ども、肝を潰しておろうな」

応じた光秀の脳裏に、不意に桜井桃十郎の面影がよぎった。

明日の友とならんことを願う。

桃十郎の言葉が蘇った。

「国主無風情が……」

われ知らず、光秀は呟いていた。

「明日の友に足る男か、見極めてくれようぞ」

大筒はさらに、砲撃をつづけた。

目の前で西斜面が次々と爆音を立てて土煙が上がる様を見て、天守西の守りを受け持つ大野木秀俊が裏返った声をあげた。

「埋火《うずめび》か!?」

はるか半里を超えて大筒の砲弾が飛んでくると夢にも思わなかった秀俊は、直前に耳にしていた風切り音が理解できなかった。昨晩のうちに、本丸曲輪から桜馬場曲輪にかけて、浅井軍は埋火を大量に仕込んでいる。これが暴発したのかと早合点した。

「大野様!」

秀俊に付き従う若侍のひとりが、困惑する表情で指示を求めた。

「火の手を検めよ!　これ以上、埋火に……」

言いかけた秀俊の耳に、ふたたび上空から風切り音が届いた。次の瞬間には、ふたたび目の前の斜面が轟音を立てた。

「うおっ!」

着弾の暴風に煽られ、五百の兵たちが一斉に身を屈めた。

「怯むな!　浅井の気概、見せつけてくれようぞ!」

秀俊は兵たちを鼓舞した。このままでは、西斜面の守りは一瞬で崩壊するだろう。


「これひとつで、勝負あったろうにな」

小谷山に土煙が立ち上る光景を前にして、仰天丸物見台の光秀はふたたび呟いた。

信長からの命令では、大筒が小谷城本丸直下の斜面を存分に嬲り、そこに柴田勝家隊が一気呵成になだれ込む段取りになっている。

決して本丸天守には命中させないよう、信長から厳命を受けていた。どんな思惑があってのことかわからないが、これが光秀には歯痒い。

次々と、大筒が砲弾を放っていく。

八斉射目を放とうとしたときだ。

これまでにない轟音とともに、船首甲板で火球が膨れ上がった。足軽たちの絶叫が迸り、無数の鉄片がものすごい勢いで周囲に飛散した。

「なんだ!?」

反射的に、光秀は視線を甲板上の大筒に転じた。

裂けていた。

大筒の砲身が。

二門が無残な残骸と化して燃え上がり、残る一門も砲身を大きく歪ませて横倒しになっていた。

そのまわりで十数名の足軽たちが灼けた鉄片の直撃を受けて肉塊と化している。もし光秀と左馬之助が変わらず甲板上にいたなら、確実にこの惨事に巻き込まれていたはずだ。

鬼の技術を盛り込んで絶大な破壊力と射程を実現した。それはいい。ただし、その砲身の材料である鋳鉄は、人の技術のそれだ。連射で籠もった熱に堪えられず、砲身がわずか八斉射目で破裂したのだった。

「ええいっ！」

せっかくの高揚に水を差され、光秀は苛立たしげに物見台の床を踏みしめた。

「火を消せ！　怪我人を、早く！」

左馬之助が指示を飛ばした。

十斉射せよ、という信長の命令を携えた使番がやってきたのは、その直後のことであった。

光秀は血の気を失い、事態の急変を報せる狼煙を上げさせた。

5

小谷城天守の周囲は、混乱の極みにあった。

一定の間隔を置いて、盛大に土煙の柱が立ち、本丸からの視界を奪った。突出した形になっている桃十郎たちの場所に影響はないが、守りを固める大野木秀俊隊は身動きが取れない。

西斜面が本命か。

この土煙に紛れて、斜面を織田の本隊が押し寄せてくる。混乱した浅井兵を撫で斬りにしようという段取りだろう。

斜面から織田兵たちの怒濤の唸り声が響いてきた。柴田勝家隊一万が、この日は京極曲輪を落とした藤吉郎隊の戦法に倣って、麓の森から一斉に姿を現わした。一団となって、穴だらけの斜面を駆け上がってくる。これが、信長の言う二の手だ。

上の曲輪から「西だ！」「織田が来るぞ！」と、いくつもの声が響いた。

いや、違う。

これは陽動だ。

桃十郎は視線を正面の追手道にむけ、五蘊皆空を鞘から抜いた。

三の手がきた。

桃十郎の視界の先、遙か遠方の森の上空に、小さな黒い影が跳び出した。

禍々しい、殺気の塊。それがものすごい勢いで宙を飛び、迫ってきた。

ふおう。

鬼兵だ。

東峰の南端、追手道の入り口付近に、投石器を大型化した射ち出し器が設置されていた。満天斎がこしらえ、光秀が仰天丸で坂本城から運び込んだ装置だ。これに鬼兵を乗せ、小谷山の麓からここまで、一気に飛ばした。強引をとおり越して無茶苦茶な攻城策である。

鬼兵は峰筋の直上を一気に曲輪の手前まで達し、桃十郎が見下ろす位置に派手に音を立てて着地した。その手には、すでに虹色の光を放つ得物がある。

しかも、鬼兵は見慣れない甲冑で胴を覆っていた。

陸続と、鬼兵は跳んできた。

つづいて三匹、さらに二匹。

合計六匹になった。

いい
あれは、いないいな。

居並ぶ鬼兵たちを見渡し、桃十郎はわずかな落胆を感じた。

ふおう。

鬼兵が左右にぱっと散った。右の三匹が桃十郎に、左の三匹は追手道を回り込んで黒金門の景光に迫った。

五蘊皆空が漆黒の虹を放った。

凄まじい勢いで桜馬場に飛び込んできた先頭の鬼兵が、桃十郎に光棒を振り降ろした。それをわずかに左に躱し、五蘊皆空を振り上げた。

すぱっと鬼兵の右腕が上腕で切断された。黒金門の兵たちが、「おおっ」と声をあげた。とどめを刺すのはあとだ。片腕を失ってたたらを踏む鬼兵の脇をすり抜け、二番手に迫った。これも正面から来る。

桃十郎は鬼兵の左脇に回り込んで宙に舞い、五蘊皆空を振り降ろした。

一撃で、鬼兵の馘と左肩が斬り落とされた。

桃十郎の首筋が、ざわりと粟立った。

背後で強烈な殺気が膨らんだ。咄嗟に地面を蹴って転がった。

その直後、光の塊が桃十郎の立っていた空間を裂いた。

拳ほどの大きさの、光の塊だけが飛んできた。桃十郎を捉え損ね、その先でよたついていた二番手の鬼兵に命中した。

弾けるように光が丸く膨らんで、鬼兵の上半身が掻き消えた。残された下半身が、ばたりと倒れて動かなくなった。

桃十郎は、光の飛来した方向に視線を転じた。

そこに、三番手の鬼兵がいた。

十間ほどの間を置いて、こちらに光棒の先端を突き出していた。

「ちっ」

飛び道具にもなるのか。

まっすぐに桃十郎を捉える光棒の先端に、新たな光が膨らんだ。

「さっそく一匹、やられたか」

本陣の床几に腰掛けたまま、信長が吐き捨てるように言った。それの意味するところが、背後に控える佐久間信盛には理解できない。

「うぬらには聞こえぬか。先より、頭のなかで騒がしうてならんわ」

信長の視線が、成政の反対側で膝をついているお蘭にすうっと流れた。

その視線を追った成政の背筋に、悪寒が疾った。

鬼使いの娘は、夜叉が怒りと喜びを一度に表したような、不気味な表情を浮かべていた。

景光は、鬼兵が迫るのを待った。警戒の〝気〟を放たず、棒立ちのまま佇むような姿だ。

その手に、お蘭のものと同じような短刀がある。ファルマグサの武器だ。

正面。右。左。

三方から鬼兵が迫る。

すとんと、景光が膝を折った。上体が沈み、やや前方に傾いだ。

人の目に追えない速度で駆けた。

正面だ。鬼兵に迫り、握る短刀が光の鞭となってしなる。

鬼兵のからだが、粉々になった。一瞬で絶命した。

返り血を浴びる間もなく追手道から外れた東の斜面を回り込んで弧を描き、左の鬼兵に狙いを定めた。鬼兵が気づいたとき、すでに景光はその背後に迫っていた。

景光の得物が太刀となって頭から腹までを深く抉った。

残る右の鬼兵が、敵の正体を確信した。

ファルマグサ。

鬼兵は足をとめた。景光の接近を待った。

間合いが詰まり、打ち合いになった。

ふたつの虹が交わるたびに、強烈な閃光が迸った。光のむこうに見える景色が、不規則に螺旋を描いて歪む。

鬼兵が、景光が、得物を打ち込む。どちらも退かない。虹色の光が乱舞した。

その激闘を黒金門のすぐうしろから見守っていた遠藤喜右衛門は、視線を桜馬場に転じた。

桃十郎は小刻みに左右に駆けながら、じわじわと鬼兵との距離を詰めていた。身のこなしが軽い。

馬の調教と乗馬訓練のためにきれいに整地されていた馬場の一面は、光弾に穿たれて穴だらけになっている。しかし桃十郎は、見慣れない武器を手にする鬼兵を相手に、伍して立ち回っている。

しかも、すでに一匹は屠った。

これが国主無か。

自身も剣豪として鳴る喜右衛門は、身震いするような興奮を感じた。

鬼兵たちは、桃十郎と景光に完全に気を取られている。いまが好機だ。

喜右衛門は右手を頭上にかざし、配下の足軽に無言で合図を送った。弩《おおゆみ》を手にした先発の足軽隊の十人が、足音を忍ばせ黒金門をくぐって前に出る。

弩には、炭で灼かれて赤く光をはらんだ鉄矢《てっし》が填められていた。景光の指示で造らせた鬼兵用の武器だ。大広間曲輪の庭先では、次発の足軽隊が出番を待っていた。

弩隊が、一斉に得物を構えた。光弾を放つ鬼兵は桃十郎に意識が集中している。片腕の鬼兵も跳びかかる隙を窺っているが、光弾が放たれているあいだは近づくことができない。

「鬼の脚を狙え」

喜右衛門は手にした太刀をかざした。足軽たちが片腕の鬼兵に狙いを定めた。

桃十郎が、光弾を放つ鬼兵に迫った。もうすぐ太刀筋の間合いになる。そのときを、喜右衛門は待っていた。

「てぃっ！」

十本の灼けた鉄矢が放たれた。

桃十郎は地面を勢いよく蹴った。

突き出された光棒を弾き返し、次の一撃で鬼兵のからだをふたつに切り裂いた。片腕の鬼兵の両脚には、十本の鉄矢が次々と突き刺さった。鉄矢の熱に肉を内側から焼かれ、激痛に身悶えした。

ふお……。

鬼兵が叫び尽くすのを待たず、桃十郎は流れる動きで近づき、軽いひと薙ぎでとどめを刺した。

ばらばらになった肉塊が、音を立てて転がった。

「おおっ！」

人の知恵と武器で、圧倒的に見えた鬼兵を屠った。それが兵たちを高揚させた。

「五匹」

信長が淡々と呟いた。横にいる成政は最初のうちこそなにを意味するものか理解できなかったが、いまではそれが屠られた鬼の数だと察しがつく。いい話ではない。合戦に眼をやっていた成政は、恐る恐るに信長に顔をむけた。

限りなく愉快そうに見えた。

お館様は、なにを想われるか。

そこで初めて、いましがたまでいたはずのお蘭の姿が消えていることに気づいた。

6

景光の光刀が、最後の鬼兵の胸を貫いた。もう、動く鬼兵の姿はない。

その一部始終を目撃していた喜右衛門は、興奮が抑えられなかった。

本当に勝てるかもしれない。

その予感が確信めいた思いに変わり、身震いした。

大広間曲輪から、鬨《とき》の声が上がった。鬼さえ屠ればこの勝負は勝ちなのだ。そのときが、次第に近づいている。

不意に、かれらの遙か頭上、天守方向から無数の絶叫が迸った。

「なに⁉」

冷や水を浴びせかけられる形になった喜右衛門は、怒声が交錯する天守に首を巡らせた。

ふおう、おう。

幾重にも響いてきた。

暴れまわる鬼兵の咆哮。

「鬼だと⁉」

同じく天守に視線を走らせていた桃十郎は、状況を悟った。

お蘭は別動の鬼兵を天守に送り込んでいた。

「新九郎が！」

反射的に叫んだ。景光も、即座に事情を呑み込んだ。

しかし、そこから動くことができなかった。

背後から、これまでにない殺気の塊が迫ってきた。ふたりはほぼ同時に振り返った。

木立が刈り取られた斜面のむこう、両脇を森に包まれた一本道を二匹の鬼兵が駆け上がってくる。

その一匹の背に、場違いに朱の着物をまとった少女の姿があった。


浅井軍本隊は、不意打ちを喰らった。

赤毛と黒毛の鬼兵二匹が、あろうことか天守内部から現われた。

地中から天守に侵入したのである。

鬼兵の持つ光棒は、触れるものを一瞬で消し去る力を持つ。それで地面に穴を穿てば、小谷山の麓から奇襲用の地下坑道を掘り進むのも容易だ。

鬼兵が地表に這い出てみると、そこは小谷城天守台の石垣に囲われた地下室だった。

小さな階段を登ると、すぐに天守の正面大戸口に出た。天守前の広場中央に白い陣幕が張られ、その周囲を浅井長政直率《じきそつ》の五百の兵が無警戒に背をむけている。

——そこに敵将がいる。まわりの兵を片づけろ。

ふおおう。

ふおう。

ふたつの巨大な影が跳躍し、最初に赤毛の鬼兵が陣幕の内側に着地して足軽ふたりを踏みつぶした。さらに黒毛の鬼兵も陣幕の右横に着地し、何人かを屠った。

七色の光が疾った。黒毛の鬼兵は当たるを幸いに光棒を振り回していく。逃げ遅れた足軽たちを次々と肉片に変えていった。

陣幕の内側に、長政の姿はなかった。柴田勝家隊の猛攻に耐え忍んでいる大野木秀俊隊を督戦《とくせん》するため、長政は馬廻衆を伴って西斜面に臨む防衛線に出張っていたのだ。

そこに、天守前の異状を悟った東斜面担当の浅見道西《あさみどうせい》隊が駆けつけた。

逆効果だった。逃げ惑う足軽たちと混乱の渦中にむかおうとする足軽たちが押し合う形となり、互いの脚を鈍らせて余計に混乱が増した。

赤毛の鬼兵が躍《おど》り込んだ。

光棒が虹の尾を引き、一瞬で二十近い足軽の馘が失せた。一歩踏み出したひと薙ぎで、さらに足軽十六が物言わぬ肉塊と化した。

襲撃から逃れていた弩隊の生き残りがようやく鉄矢の装填を済ませ、十五間の距離から黒毛の鬼兵に一斉射を放った。

混乱の影響は避けられず、雑な狙いになった。

放たれた十三本の鉄矢のうち、鬼兵の手前にいた足軽たちに四本が命中した。四本が足軽たちのあいだをすり抜けて鬼兵の足元に突き刺さり、三本がその左腕を貫いた。残る二本は胸に命中したが、甲高い音を立てて甲冑に弾かれた。

左腕の鉄矢の熱が、鬼兵の肉を内側から灼いた。

ふおおう。

激痛に、逆上した。

ふおおおう。

咆哮した。勢いよく地面を蹴り、弩隊に迫った。

その目の前に、小さな影が躍り込んだ。老将だ。手に、三叉の長槍を手にしている。

老将は、正面から槍を突き出した。甲冑のわずかに上、鬼兵の喉元に突き刺さった。そのまま鬼兵は押し通ろうとするが、老将は器用に後ずさりながら鬼兵の正面に居座った。

邪魔だ。

光棒を振るった。それを受け躱すように、老将が槍の柄をかざした。

衝撃が疾った。槍の柄がまばゆい光に包まれ、光棒を跳ね返した。

ふお。

たかが人間の振るう得物が、光棒の力を退けた。脚がとまり、背筋を反らせた。その動きを利用して老将は三叉の槍を引き抜き、鬼兵の前から姿を消した。

そこに、新たな影が飛び込んできた。

これも老将だ。榎爺が作った、対鬼兵用の国主無の銃を至近距離から撃った。

一発目の弾丸は、光棒の柄に命中した。柄の内部に食い込んだところで破裂し、粉々に砕けた。

二発目はぶらついていた左腕に命中した。

破裂し、肘から下がちぎれて飛んだ。

ふおっ。

同時に、矢が次々と射掛けられ、顔をかばった鬼兵の右腕に突き刺さった。

背後に回り込んでいた老将が三叉の槍を右膝の裏に突き立てる。鬼兵は姿勢を崩し、膝を突いた。そこに矢が殺到し、さらに銃を投げ捨てた老将が鎖鎌で迫った。

「おおっ」

それまで逃げ惑うしかなかった浅井の足軽たちが息を吞み、声をあげた。

痛快なまでに、老将の動きが鬼を翻弄する。

「御三将の後塵《こうじん》を拝すな！」

三将とともに一隊を引き連れて駆けつけていた侍大将のひとりが、檄を飛ばした。

「おう！」

呼応する声が上がった。

わずかな時間で数を三百まで減じていた天守正面の浅井兵は、赤尾隊二百が加勢して息を吹き返した。


お蘭にとってわずかに計算違いだったのは、先発して送り込んだ鬼兵六体が予想よりも早く全滅していたことだった。もう少し粘ってタナンと国主無を疲弊させ、後続のお蘭と精鋭の鬼兵がとどめを刺す算段だったが、その目論見は外れた。

まあいい。

そろそろ、別動で送り込んだ二体が敵陣の中央で暴れまわっているはずだ。

長政の馘は、お蘭が取るつもりでいる。

その前に、タナンと国主無を始末する。

鬼兵の背から、ひらりとお蘭が跳んだ。お蘭と鬼兵は、タナンをめざした。

もう一体の鬼兵は、お蘭の指示を受ける前から桃十郎めがけて突き進んでいた。

緑の隻眼が、憎悪の炎をたぎらせていた。

7

お蘭が跳んだ。

景光が駆けた。

一瞬で互いの距離が詰まり、閃光を散らしてふたつの影が離れた。ふたたび接近し、交わって離脱する。

双方が渾身の一撃を繰り出し、相手の技を受けて次の瞬間に反撃に移った。宙を舞った景光を狙い、鬼兵が光弾を放つ。それを躱したところに、朱の影が襲いかかった。

「このときを待ち侘びたぞ、タナン！　遠く離れた辺境の地で、因縁の戦いに決着をつけてくれようぞ！」

「ラムノヴァ、われらがファルマグサの戦いで、人の言葉で啖呵を切るか」

「言うな！」

景光の光刀が長大な鞭と化し、お蘭を追って宙に踊った。

そこに鬼兵の放った光弾が迫る。景光は追撃を中断し、お蘭から距離をとった。
「小汀殿に加勢する」
大広間曲輪で弩隊に次発を装填させた喜右衛門が、戦況を読んで即座に決断した。
「鬼を小汀殿から引き離すぞ」
喜右衛門は抜いた太刀をかざした。
兵がふたつの隊に分かれ、左右に大きく広がった。
鬼兵は、景光とお蘭が死闘を演じる手前で、喜右衛門たちに背を晒していた。
「てっ！」
右翼の端から五人が、鉄矢を放った。
二本が鬼兵の足元に刺さった。三本が右脚に命中した。
ふおっ。
鉄矢の存在を知らずに油断していた鬼兵は、予想外の激痛に背後に振り返った。
中央から五人、得物をかざした人間が前進してきた。
ふおう。
咆哮した。
前に出た五人が、間髪入れず射かけた。

鬼兵は左に跳んで躱した。追手道から大きく外れ、峰から下る東の斜面に着地した。

ふたりの足軽が駆け足で前に出た。追手道の端から鬼兵を見下ろす位置に立った。

ふおうっ。

鬼兵がいきり立った。

鉄矢が放たれた。変わらず脚を狙ってくる。

横に跳んで躱した。

その直後。

追手道に身を伏せていた足軽三人が、弩を構え立ち上がった。鬼兵はさらに横に跳んだ。

着地した瞬間だった。

鬼兵の足元が抜けた。落とし穴だ。穴底に虎鋏《とらばさみ》が仕掛けてある。跳ね上がった金属環の鋭い歯が鬼兵の左足首に食い込んだ。さらに、金属製の天蚕糸が跳ね上がって膝まで絡みつき、動きを封じた。

景光が指南した、対鬼兵用の罠である。

ふおおおう!

激高した鬼兵が吼えた。

その顔面を、三本の鉄矢が貫いた。

鬼兵は左脚を落とし穴に固定されたまま、背中から斜面にどうと倒れ込んだ。

「よし！」

喜右衛門は即座に視線を転じた。

景光とお蘭は、凄まじい攻防を繰り広げていた。

人の眼には、二筋《ふたすじ》の雷《いかづち》がぶつかり合っているようにしか見えない。

この勝負、わからぬ。

喜右衛門は思った。

いや、わずかに景光が押している。動きがいい。対するお蘭は、戦いに不向きな着物姿でやや守勢だ。

「わしの合図で斉射せい。それまで、下手を打つでないぞ」

部下にそう命じた。間の悪い援護は、かえって景光の動きを妨げる。

桜馬場の、桃十郎と隻眼の鬼兵の激闘に首を巡らせた。

こちらも熾烈な戦いを繰り広げていた。

桃十郎がこの鬼兵と顔を合わせるのは、これで三度目になる。

過去の遺恨を晴らさんという怨念めいた〝気〟が隻眼の鬼兵の全身から溢れていた。いますぐにでも新九郎のいる本丸に駆けつけたいというのに、この勝負は長引きそうだ。

ならば、力押しでいく。

激しい剣戟《けんげき》を繰り広げた。

斬り結び、即座に次の一撃を放つ。

光棒が振り下ろされた。

桃十郎が背後に跳んだ。

そこに、光弾が穿った穴があった。

姿勢を崩し、背中から穴の底に落ちた。肺が潰れ、激しくむせた。

突き出された光棒が眼前に迫る。

わずかに右に転がり、そのままの勢いで穴の外に飛び出した。光棒が、たったいままで桃十郎がいた場所をより深く抉った。

転じた鬼兵が迫る。

息の乱れた桃十郎は繰り出される光棒をぎりぎりで捌き、背後の穴に気を配りながら後退をつづけた。

防戦一方になった。守りに徹すれば、いずれ生じる隙を突かれて負ける。

ふおう。

とどめとばかりに、力任せに光棒を振るった。

引きかえに、鬼兵の攻めが一本調子になった。太刀筋を読む余裕が、桃十郎に生まれた。

鬼兵が光棒を振り下ろす寸前。

桃十郎の姿が消えたように見えた。

背後にあった、同じく光弾の穿った穴に、桃十郎が自ら飛び込んだのだ。光棒が空を切り、勢いを殺しきれない鬼兵は咄嗟に、穴の真上を跳んだ。

桃十郎に、無防備な姿勢を晒した。

漆黒の虹が、一閃した。

伸びきっていた鬼兵の右脚が、大きく裂けた。距離があり、切断にはいたらなかった。

ふおおっ。

姿勢を崩した鬼兵は、顎から地面に倒れ込んだ。

穴から飛び出した桃十郎が、とどめの一撃を放ちにかかる。かろうじて仰向けになった鬼兵が、それを弾いた。

形勢が完全に逆転した。

一撃ごとに歩を進め、尻をついたままの鬼兵を退かせる。鬼兵の右脚はもはや使いものにならず、まともに立ち上がることができない。光棒を振るうのが精一杯だ。

しかし、隻眼の鬼兵はまだ諦めていなかった。

光棒を握る右手を脇に逸らした。胸元を大きく開き、誘った。

わずかに桃十郎の打ち込みが途切れた。両手で構える五蘊皆空を高くかざし、とどめの切先を鬼兵の胸元にむけた。

その一瞬を逃さなかった。

光棒の先端で光が膨らんだ。

「！」

起死回生の一撃が、放たれた。まっすぐに桃十郎の胸元に飛んだ。

それを受けた。

五蘊皆空が。

光弾は、真横にかざした刀身の中央で唸りを上げ、強烈な閃光を迸らせていた。

「くっ」

光弾の強烈な力が、漆黒の虹を押しのけて前に進もうとする。その勢いに、一歩、そして二歩、桃十郎が後ずさった。

凝縮された光の塊が、五蘊皆空の刀身に留まったまま膨らみはじめた。

その瞬間、光弾の押し寄せる力が弱まった。

躊躇わなかった。桃十郎は、光弾を受けとめていた五蘊皆空を一気に横に薙いだ。光が、正面に弾き返された。

そこにいる。

隻眼の鬼兵が。

一気に膨張した光に呑み込まれた。鬼兵の胴が、両脚が、そして顎の上までがまばゆい輝きに包まれ、消し去られた。

「七匹」

あと三匹を屠れば、われらの勝ちだ。

8

「ちぃっ！」

お蘭は虹色の帯を長剣に変化させた。

誤算がつづいた。

タナンがここまで伍する相手とは想定外だった。しかも従えていた鬼兵は人間の罠で動きを封じられ、さらに桜井桃十郎にむかわせた隻眼の鬼兵は、たったいま屠られた。

国主無がこちらに駆けてくる。

お蘭の頬が、ぴくりと痙攣した。

地面を蹴った。

一直線に、景光にむかった。

長剣の間合いに達する寸前。

真横に桃十郎が迫った。

お蘭が跳んだ。

鬼兵が罠にかかった斜面に飛び込んだ。

視線の先で、左脚を虎鋏に固定された鬼兵が、その罠から逃れようともがいていた。これを解き放ち、ふたたび戦力とする。お蘭は即断した。

まっすぐに駆ける。

いままさに鬼兵に達しようというとき。

景光が斜面に飛び込んできた。お蘭の意図を読み、光の鞭が舞う。

「ええいっ!」

お蘭は斜面を下方に跳んだ。

そこに、同じ落とし穴があった。着地と同時に右脚が草と小枝で覆われた蓋を踏み抜き、上体が傾《かし》いだ。

虎鋏の金属環が跳ね上がった。

残っていた左脚で地面を蹴った。金属環が大きな音を立てて咬み合わさる直前に右脚を抜いたが、態勢が崩れ、腰が浮く。お蘭は即座に景光の鞭を警戒して意識を斜面上方にむけた。

あらぬ方向から殺気が迫った。

お蘭の背後。

桃十郎だ。景光がお蘭の注意を引きつけているあいだに斜面を駆け下り、大きく回り込んでいた。

それすらも、囮だった。

十本の鉄矢が一斉に放たれた。

黒金門から、喜右衛門の弩隊が飛び出していた。お蘭はまだ両脚が宙に浮いた状態で、満足な回避行動がとれない。

鞭を振るい、鋭く迫る三本の鉄矢を切り裂いた。さらに全身を勢いよくひねって胴体に直撃する三本をぎりぎりで躱した。

残る四本が、ひらめく袖と裾を射貫いた。

鉄矢の尻には返しがついていた。これが貫いた生地にかかって引き、お蘭の浮いたからだを地面に叩きつけた。

動きが封じられた。そこに景光の光の鞭が迫る。

鉄矢に絡む着物を強引に破ってお蘭は跳ね起き、鞭を振るって壁を作った。横に跳ぶ。喜右衛門隊の反対方向だ。

両者は脚をとめて対峙した。景光は、お蘭に打ち込む好機を窺っている。

お蘭は、無残に裂けた着物に、ちらと眼をやった。

「ふん」

どこか冷めた様子で、鼻を鳴らした。

「この柄、気に入っていたのだがな」

お蘭は鞭を短刀に変じさせた。その先端で、さっと腰帯の表面を撫でる。すぱっと帯が切断され、斜面を飛んだお蘭から離れて宙に舞った。

裂けた着物が広がり、大きく風をはらんで膨らんだ。するりと両腕を抜き、白い襦袢《じゅばん》姿になった。着崩れて、胸元が大きく開いている。峰沿いの追手道に着地すると、脱兎のごとく坂道を駆け上がった。

「うおっ！」

慌てたのは喜右衛門たちだ。第二波が黒金門をくぐったところだった。

喜右衛門は咄嗟に横に跳んだ。

その脇を、虹色の光が舞った。

逃げ遅れた足軽たちが、一瞬で細切れにされた。吹き上がった血飛沫を浴びながら駆け抜け、お蘭の姿は大広間曲輪のむこうに消えた。

前線の守りを突破された。

よりによって、お蘭に。

「ええい！」

舌打ちしながら景光が踵《きびす》を返した。

その眼前に、巨大な影が立ち塞がった。

鬼兵だ。左脚を虎鋏に固定されて身動きのかなわなかったはずの一匹が、そこにいた。

左の膝から下が消えていた。虎鋏に食い込まれていた自分の脚を光棒で切断し、罠から脱したのだ。その傷口はもとより、そこかしこから赤黒い体液を滲ませていた。さらに、顔面には鉄矢三本が突き刺さったままで、醜く焼けただれている。

景光の前で壁となった。

両手をついて三本脚の姿勢で低く構え、光棒を口に咥える。

低く唸った。

ここから先には行かせない。

双眸に、その決意が漲っていた。

「桜井殿！」

景光が叫び、桃十郎は即座にそれを理解した。

残る鬼兵の相手は景光に任せた。桃十郎はお蘭を追った。

赤海雨の雷神撃は、とどまることを知らなかった。

ついに黒毛の鬼兵は全身のあらかたの皮膚を硬質化させ、防戦一方に追い込まれた。

あと一歩で息絶える。

そこに、赤毛が割り込んだ。浅見道西隊を血祭りにあげ、天守前の広場に戻ってきた。光棒を振り回し、次々と足軽を殺してまわった。

「ええい！　邪魔立てしおって！」

海北綱親が、最初に赤毛の鬼兵に転じた。それをすぐに赤尾清綱が追う。しかし、その清綱の脚がとまった。

西斜面に督戦に出向いていた長政と馬廻衆が、広場の異状に気づいて取って返したのである。長政は自ら鬼兵と刃を交えようと、腰の得物を抜いた。

「おのれ、いよいよこの本丸に達したか！」

「お館様、なりませぬ！」

清綱が叫んだ。

「お退きくだされ！」

「殊《こと》ここにおよんで、なにを言うか！」

長政はさらに前に出ようとする。

「お館様、鬼の得物、侮ってはなりませぬ！　大切な御身に万が一の……」

「やかましいわ！」

清綱は必死になって諫めるが、それがかえって長政を煽り立てることになってしまった。いまでこそ浅井家三代当主の座に落ち着いているが、長政は野良田合戦以来の猪武者《いのししむしゃ》だ。これだけの熾烈な戦いを前に、指をくわえてただ見ているだけでいられるわけがない。

「やむなし！　お館様、某とともに！」

清綱も腹を括った。戦いながら、なんとしても長政を守る。これに徹するしかない。

「皆の者、ここが正念場ぞ！」

「おう！」

清綱が長政の馬廻衆に檄を飛ばすと、生え抜きの猛者たちが応じて吼えた。

だが、鬼兵のほかにもうひとつ、本丸曲輪から一段下の赤尾屋敷曲輪に繋がる門扉の近くで、別の騒動が起こっているのに気づいた。

「ん?」

人垣の隙間から、赤い影が見えた気がした。それが不意に飛翔し、足軽たちの頭上を越えて長政の正面わずか五間の距離にふわりと降り立った。

白い襦袢を血で赤く染めた娘。

狂気を全身にまとっている。

手には、虹色を放つ得物があった。

景光と同じ鬼だ。長政は、その正体を悟った。

「きさまがお蘭か!」

「浅井長政殿とお見受けする」

娘が、女郎のような妖艶な声を発した。

「その御馘、頂戴した」

9

桃十郎は息をするのも忘れて大広間曲輪を駆けた。

屠られた足軽たちの肉片があたり一面を覆い尽くし、なかには運悪く死にきれずに呻き声を上げる者たちも転がっていた。わずかに地面がのぞいた場所も、溢れた鮮血でぬかるんでいる。すべてお蘭がやってのけたのだ。

血泥を撥ねながら、桃十郎は疾走した。

「！」

目の前を塞ぐように、織田の足軽隊が長槍や太刀を手にわらわらと横から飛び出してきた。その数はおよそ十。

「われは国主無、桜井桃十郎なり！」

駆けながら名乗った。

「故《ゆえ》あって鬼を討つ。織田方の兵を斬る由はない。どけい！」

こんなところで時間を無駄にするわけにはいかない。

しかし足軽大将は、これを恰好の首級《しゅきゅう》と見た。

「ものども！　相手は天下無双の剣豪ぞ！　討ち取って名をあげよ！」

「おう！」

血気に逸った足軽たちが、それに応じた。押し通ろうとする桃十郎に打ちかかろうした。先を急ぐ桃十郎に挑むことの無謀を、理解できていない。

横に廻った足軽のひとりが、気合いを放ちながら太刀を振りかぶった。それに後れを取るまいと、次々と得物が突き出された。

漆黒の虹を放つ五蘊皆空が疾り、太刀が、長槍が、切断された。

一瞬で使い物にならなくなった。

器の違いを見せつけられ、足軽たちは怯んだ。脚を竦ませた兵たちのあいだを縫うように、桃十郎が駆け抜ける。

風切り音が耳に届いた。

咄嗟に身を屈めた頭上を、一本の矢がかすめた。さらに一本が左上腕を射貫いた。

桃十郎の脚がとまった。

先行した足軽隊を追って、さらに二十以上の集団が、様々な得物を手に桃十郎の行く手に立ちはだかった。

途切れることなく矢を射かけながら、桃十郎に迫る。それに勢いを得て、たったいままで戦意を失っていた足軽まで、腰の小太刀を抜いてふたたび眼をぎらつかせた。

まだ邪魔をする気か！

ついに、桃十郎の感情が爆発した。

五蘊皆空が、初めて人の血を吸った。

次々と斬り伏せた。

私怨ではない。しかし、いま行く手を阻む者は、誰であろうと容赦しない。

断じてさせぬ。

二度と過ちは犯さぬ。

新九郎、生きていろ。まだ死ぬな。


反射的に清綱は動いていた。

長政の前に回り込んで槍を構えるのと、お蘭が光の鞭を放つのがほぼ同時になった。

光の筋がしなり、清綱とその背後の長政をひと薙ぎにしようとする。

閃光が迸った。清綱の三叉の槍が鞭を弾き返した。

「ほう……」

たいして驚いたふうもなく、お蘭は冷ややかな笑みを浮かべた。

――タナン、小賢しい……。

さらに鞭を振るった。凄まじい勢いで、次々と光の筋が清綱に襲いかかる。老練の武将は槍を器用に回転させて光り輝く盾とし、鞭を跳ね除けた。

しかし、それだけだ。

反撃できない。

気がつけば、小谷城天守の石垣を背に進退窮《きわ》まっていた。お蘭の鞭は石垣をも粉砕し、無数の石飛礫《つぶて》が頭上から降り注ぐ。周囲から足軽や馬廻衆がお蘭の不意を突こうとするが、近づく端から踊り狂う光の筋に両断されていった。

駄目だ。

わしも、いずれ殺《や》られる。

桜井殿、早く！

それを感じ取ったかのように、光の鞭を振るう娘がうすら寒い笑みを浮かべた。

とどめの一撃。

はっきりそれとわかる、強烈な殺気をはらんだ光の帯が大きく振り上げられた。

その動きが、とまった。

死を覚悟して身構えていた清綱は、本丸広場の一部が水を打ったように静まり返っているのに気づいた。遠くで赤毛の鬼兵が暴れ回っているが、広場の中央だけまるで空気が違う。お蘭も、その異状を察して背後に振り返っていた。

人の壁が、静かに割れた。

足軽たちが、道を譲るように左右に散った。

そのむこうに、いた。

その手の五蘊皆空が漆黒の虹を放つ、鬼殺しの男。

長政は息を呑んだ。

鬼兵や織田の足軽たちの返り血で染まった着物は、そこかしこが無残に裂けており、背に刺さったままの矢を気にもしない。桃十郎のここまでの姿を、誰が想像していただろうか。

その双眸が、いままでにない凶暴な光を宿している。殺気が渦を巻き、びりりと空気を鳴らした。

お蘭を見据えたまま進み、対峙した。

「桜井桃十郎、推参」

五蘊皆空の光が増した。

「来たか、国主無の男」

お蘭が、嬉しそうな声で応じた。光の鞭が、太刀に変化した。

互いに、打ち込んだ。

お蘭が打ち返し、桃十郎が捌く。

さらに桃十郎が打ち込む。

技が拮抗した。

激しい応酬になった。

血まみれの娘と国主無の死闘。

次第にふたりとも受けをとらなくなった。

打撃の直後にわずかな隙すら生じない。

打ち、打ち込み、さらに打つ。

そして。

桃十郎の鋭い一閃《いっせん》が、宙に真空を生んだ。

その真空が衝撃波となり、お蘭の右頬を裂いた。

鎌鼬《かまいたち》だ。

人の目に触れずその肌を斬って去る妖怪と語られる旋風。

「！」

初めてお蘭に狼狽の表情が浮かんだ。真空の刃は、お蘭の得物で凌ぐことができない。

そこに、赤毛の鬼兵が飛び込んできた。

桃十郎の背後から襲いかかった。その気配を寸前に察し、からだを右に投げて光棒を躱した。勢い余った鬼兵は長政の目の前で、背を晒す格好になった。

「好機！」

長政が太刀を赤毛の鬼にむかってかざした。

一斉に鉄矢が放たれた。

赤く灼けた十数本の鉄矢が、鬼兵の手脚に突き刺さった。

ふおうっ。

内側から肉を灼かれる激痛に、鬼兵の動きがとまった。そこに、長政が太刀を手に迫った。

いまだ熱を失わないその鉄矢に手をかけ、肌が灼けるのに構わず鬼兵の背をよじ登った。

渾身の力を込めて、逆手にかざした太刀を、甲冑の上端で剥き出しになっていた首の根元から、斜めに突き刺した。

ふお……。

みごとに鬼兵の急所を突いた。

鬼兵は短く唸り、力を失って上体が揺れた。

その場に崩れ落ちた。

10

「おおっ！」

「お館様が、鬼を討たれた！」

足軽たちの意気が上がった。

「まだじゃ！　油断するな！」

清綱が叫んだ。

「鬼使いの小娘の息があるうちは、勝ちではない！」

しかしそれも、時間の問題に思えた。

桃十郎がお蘭に打ち込んだ。鎌鼬の一撃がお蘭の左脇に食い込んで、半透明な体液が散った。

「ちいいっ！」

お蘭が忌々しげに顔をしかめた。

まさかの展開である。ひとりの国主無に追い込まれ、さらに人の手で鬼兵が討たれた。

そして。

〝気〟を放った。

「うおっ！」

桃十郎の背筋に、電撃に似た衝撃が疾った。

お蘭の〝気〟は、硬化している黒毛の鬼兵にむけて放ったものだ。

不利だ。しばらくこの国主無を引きつけろ。

それが桃十郎の意識の壁を突き抜け、頭蓋から全身を駆け巡った。

しまった、と思ったが遅かった。膝に力が入らなかった。平衡感覚が失せた。

お蘭はそれを怪訝に感じながらも、まずは距離を置くために跳びすさった。

よもや、われらの〝気〟を過剰に感じ取るか。

だが、詮索している暇はない。

いまは敵将の馘を取る。

お蘭は弾かれるように前に出た。

その先に、赤毛の鬼兵を屠った直後の浅井長政がいる。すぐ横に赤尾清綱がいたが、身動きすらかなわなかった。

長政に死が迫った。

誰の手も届かない。

時間がゆっくりと進み、みなが硬直したまま、お蘭が跳躍する様を視界の片隅に捉えた。

桃十郎の霞む視界にも、赤い影が揺らめいている。

――なにを惚《ほう》けておるか！

唐突に、桃十郎の頭のなかに覚恕の強烈な〝気〟が流れ込んで爆発した。雷に打たれたように桃十郎の背筋が反った。

それが刺激になって、感覚が戻ってきた。
やらせるか。
桃十郎は鬼神の形相でお蘭を追った。
足がもつれ、視界がぶれる。しかしその中心にお蘭を捉えつづけた。
わずかに間合いに届かない。いまになって背中の矢傷が桃十郎の動きを鈍らせた。
それでも五蘊皆空を振るった。真空の牙がお蘭を追った。
お蘭の光刀がふたたび鞭となった。
振り下ろされた。
長政に。
両断された。
馘が宙に浮いた。
まさかという表情のまま。
「お館様っ!!」
一拍遅れてわれに返った清綱の、悲痛な叫びが轟いた。
ゆっくりと、長政の馘が地面に落ちる。
その直後、五蘊皆空の放った鎌鼬がお蘭の背中を裂いた。

「はうっ！」

まともに受けた衝撃に、お蘭の両脚が宙に浮いた。

「よくも……！」

お蘭の髪を、桃十郎の伸ばした左手が鷲掴みにした。乱雑な動きで五蘊皆空を振り上げた。

掴まれた髪がぶちぶちとちぎれるのにもかまわず、お蘭はくるりと上体を転じて桃十郎を睨みつけた。

——くらえ！

〝気〟を放った。

真正面から浴びせた。

「がっ！」

今度こそ、桃十郎の意識が飛んだ。目の前が真っ白になった。

しかし、激情とともに振り下ろされた五蘊皆空の動きは、とまらない。

お蘭の振るった光刀と、交わらずに擦れ違った。

光刀が桃十郎の左腕を捉えた。二の腕から先が、切断された。

同時に。

五蘊皆空がお蘭の左こめかみから左眼、顎を伝い、胸から腹までを深く抉った。その体内から、半透明の液体が血飛沫のように迸った。

完全に正体をなくした桃十郎が、お蘭に絡まって地面を転がった。

相討ちだ。

「桜井殿！」

清貞が駆け寄ってきた。覆いかぶさっていたお蘭のからだをはぎ取り、その体液にまみれた桃十郎を抱き起こした。左腕からの出血が酷い。数度にわたってファルマグサの〝気〟を浴びた桃十郎は、もはや眼の焦点が合っていなかった。

清綱が膝を突いて泣き崩れた。まわりの足軽たちも一様に意気消沈し、馬廻衆のひとりは、涙ながらに長政の馘を抱え込んでいる。

そこに、景光が駆けつけた。

手遅れを悟った。

馘を落とされた長政。

深手を負った桃十郎と、それを抱きかかえる清貞。

茫然自失のまま立ち尽くす足軽たち。

足元には、無数の絶息した骸が転がる。

そのなかに紛れて横臥するお蘭。

とどめを刺さねば。

景光が一歩を踏み出したときだった。

わああ、と野太い声が響き渡った。

西斜面、大野木秀俊隊の守りがついに突破されたのだ。総崩れとなった大野木隊の兵たちが、天守正面の広場に逃げ込んできた。すぐに柴田勝家隊の兵たちがなだれ込んでくる。

それを好機と捉えた者がいた。

無数の鉄矢に手脚を灼かれ、全身を硬化させていた黒毛の鬼兵だ。まわりの兵たちの注意が完全に自分から逸れている。

硬化を解いて、跳躍した。

無残な姿と化した主が、地面にしゃがみ込んだ老将のすぐ脇に転がっていた。顔の半分が抉られ、本体にも甚大な傷を負っている。

それでも、生きていた。

——長政の鹹を奪え。

鬼兵はすぐ近くで馬廻衆が抱えていた長政の鹹を鷲掴みにして奪い取ると、さらにお蘭のからだを牙で咥え、今度は大きく跳躍して西斜面をめざした。

清綱が必死の形相で追ったが、鬼兵は、陸続と押し寄せる柴田勝家隊の兵たちの頭上を飛び越え、本丸を囲う柵のむこうにその姿を消した。

一瞬の出来事だった。誰もが、それを呆然と見送るよりなかった。

もはやこれまで。

意を決したのは、海北綱親だった。

「お館様は無念。なれど皆、死に急ぐな！　逃げ延びよ！　浅井家は再興する！　輝政様の元に集うのじゃ！　そのときまで、伏して備えよ!!」

腹の底から、声を振り絞った。その檄は、残された兵たちの意識の奥底に突き刺さった。

浅井家は、これで終わりではない。

われらが再興するのだ。

「おおおおおっ」

男どもの悲哀の声が轟いた。

綱親の言葉に、清綱もわれに返った。

「皆の者、散れい！」

それが合図になった。

綱親が、本丸天守の石垣に忍ばせていた導火線の束に火を移した。

火種は地面を這うように四方に伸びた。

一斉に埋火が炸裂した。

本丸のほぼ全域で激しい爆発が起こり、寄せ手の兵たちを吹き飛ばした。さらに小谷城天守が、耳をつんざく轟音を立てて崩落した。

本丸曲輪の織田軍は、大混乱に陥った。

その間隙《かんげき》を突いた。

浅井の兵は一斉に動いた。蜘蛛の子を散らすように、四方八方に走った。

それを見届けた清綱は、顔じゅうの涙を拭おうともせず立ち上がった。

「海の、雨の、生きて会おうぞ」

「きさまもな」

清貞が応えた。

清貞の抱きかかえる意識のない桃十郎は景光が引き受けた。軽々とその小柄な肩に担いだ。

三将が、白煙の帳《とばり》のなか、目礼を交わした。そして、兵たちとともに散った。

景光も、大きく跳んだ。

東の斜面をめざした。

わずか一刻の激闘は、その幕を閉じた。

終章

信長の勢力拡大はつづいた。浅井を滅ぼした天正元年中には、足利義昭を担いだ河内国《かわちのくに》の三好義継をも討ち、翌天正二年には伊勢長島の一向宗徒の一揆勢を殲滅している。次ぐ天正三年には、三河国の長篠城をめぐる武田軍との合戦でこれを退けた。

しかし、同じく反織田の姿勢を明確にしていた大坂石山本願寺の攻略には、手を焼いていた。かつては織田に対して慎重な姿勢を保っていた座主の顕如《けんによ》が、この天正三年からは人が変わったように強硬姿勢を見せたのだ。

これと並行して、信長の事業は新たな拠点の構築にもむかった。

天正四年一月、安土城が着工した。総普請奉行に葉村満天斎を据えるという異例の人事である。築城が進むにつれてその外観をあらわにしていった天守は、およそ城という範疇を超えた奇怪な佇まいで、近畿一帯を睥睨していた。

さらに信長は、この城下に琵琶湖からの水路を巡らせて水上都市を整備し、ここに楽市楽座を設けた。移動の妨げとなる関所を廃し、多くの商人を引き入れて京や堺に匹敵するほどの巨大市場を形成した。

ところが。

この頃から、よからぬ噂が囁かれるようになった。

織田がふたたび鬼の威を用いて権勢を振るい、帝に累を為すのではないかという流言が、各地で湧いては消えていった。

わずか一体まで数を減じたとされていた鬼兵が、ふたたび五体まで増え、天正五年、いまだ終わりを見ない石山本願寺の攻略に投入されたことで、巷間の噂はにわかに真実味を帯びた。

それは、実質的に鬼の脅威は排されたと確信していた西国の諸大名たちに、衝撃を与えた。いずれ、鬼はその数を増やす。人を喰らう。とくに、朱雀大路の忌まわしい記憶を持つ京の人々は、過敏に反応した。

かつて鬼を擁する織田と刃を交えて果てた浅井長政を偶像化する空気が生まれ、「ふたたび浅井が立つ」という噂もまことしやかに流れた。長政の忘れ形見である輝政が織田討伐の兵を挙げる。まるでそれが事実であるかのように、人々に語られた。

そしてもうひとり。

鬼を狩る烈剣の国主無。

桜井桃十郎。

人々は、希代の英雄の帰還を待ち侘びた。

第一部　完

この作品はフィクションです。
実在の人物や団体などとは関係ありません。

参考文献

『信長公記』 太田 牛一著／新人物往来社
『考証 織田信長事典』 西ヶ谷 恭弘著／東京堂出版
『戦国大名浅井氏と北近江―浅井三代から三姉妹へ』 長浜市長浜城歴史博物館
『原本現代訳 名将言行録』 岡崎 繁実著／ニュートンプレス
『原本現代訳 甲陽軍鑑』 ニュートンプレス （※原本著者不明）
『フロイス日本史』 ルイス・フロイス著／中央公論社
『兼見卿記』 吉田 兼見著／八木書店古書出版部
『中昔京師地圖』 森幸 安著／青山文庫

河田 成人　Producer / Director

1963年 東京都出身 東京写真専門学校・映画芸術科卒。

CM制作会社、CGプロダクションにてキャリアを積み、2004年に〈wonderium〉を創立。

数多くの映像作品にディレクター・プロデューサーとして参加するとともに、自社においてもオリジナルのプロジェクトの企画・立案を進めている。

監督代表作として、映画『オモヒノタマ〜念珠 貳ノ珠 自販機の女』、CM『R-TYPE FINAL』『絶体絶命都市』、ショートフィルム『GUNDAM EVOLVE../12』『ガンダム Gのレコンギスタ FROM THE PAST TO THE FUTURE』などがある。

また、CGIプロデューサーとして、映画『スターシップ・トゥルーパーズ インベイジョン』『アップルシード アルファ』に参加。

現在、ハリウッド映画や小説、TVアニメ等、複数の企画を進行している。

井上 岳則　Writer

1970年 静岡県出身 日本大学芸術学部文芸学科卒。
1990年 個人事務所〈オフィス上海亭〉を立ち上げ、コピーライターとしてデビュー。以後、広告媒体への寄稿のほか、書籍・雑誌の編集、コラム執筆、漫画原作などを幅広く手がける。超精密3DCGシリーズ、歴史ビジュアルシリーズ〈双葉社〉、別冊宝島〈宝島社〉他、執筆媒体多数。編集者としては、『源田の剣』改訂増補版〈髙木晃治著／双葉社〉などを企画制作。ドキュメント番組のディレクター、放送作家としても作品を発表するほか、映画、TVドラマ等の企画立案に関わるなど、クリエイターとして多メディアで活動する。
2016年 書籍編集プロダクション〈オフィス五稜郭〉の代表取締役に就任。
現在、『桜井桃十郎伝』次回作のほか、太平洋戦争を舞台としたサスペンス小説等を準備中である。

〈STAFF〉
デザイン／鉢呂 絵里
編集／打矢 麻理子
企画制作／ Lilith Edit
編集統括／小島 一平（ワニブックス）

信長の鬼
桜井桃十郎伝

ワンダリウム　著
河田 成人／原案　井上 岳則／執筆
2017 年 12 月 25 日　初版発行

発行者　横内 正昭
編集人　青柳 有紀

発行所　株式会社ワニブックス
〒 150-8482
東京都渋谷区恵比寿 4-4-9 えびす大黒ビル
電話　03-5449-2711（代表）
　　　03-5449-2716（編集部）
ワニブックス HP　http://www.wani.co.jp/
WANI BOOKOUT　http://www.wanibookout.com/

印刷所　株式会社 光邦
製本所　ナショナル製本

ISBN 978-4-8470-9644-0